Inhumane Kay

Nouvelle

Par Malelle

Inhumane Kay

Nouvelle

Par Malelle

© 2024 Malelle
Édition : BoD – Books on Demand, info@bod.fr.

Impression : BoD – Books on Demand, In de Tarpen 42, Norderstedt
(Allemagne).

Illustration par GrumpyBeere de Pixabay (Licence CC0)
Conception : Rumjacks (rumjacks@proton.me).

Impression à la demande :
ISBN : 978-2-3225-1996-5
Dépôt légal : avril 2024

Mise à disposition des mineurs interdite (article 227-24 du code
pénal)

Préface

Et tu vibrais… Sanguine, se décline, dans la haute atmosphère, tangerine. Teintée, orange chaude, révélée. Culmine vers les nuages nobles, altiers, suspendus. Exhalaisons à perceptions sur les nébuleuses de lumière. L'armure bionique, glacée, de tes membres rebranchés, stabilisant. Se redressant, se relevant, pilotant, guidant ton vaisseau escorteur, galvanisé. Texture de métal, androïde aux détecteurs de rayons lumineux, éclairants. Qui insensiblement, doucement s'accentuent, structure sans peur, accélérant. Ephemeral hybride à la liaison astrale, ressort de cliquet, nebulosus et hisse. kay voltigeuse atypique et renversement, en quête, fatale à honorer.

Tu transperces la voie lactescente, ininterrompue, ascension vers l'horizon, au milieu des galaxies irrégulières. Le dos froid, gelé, de tes reins chromés, œuvrant, glissants. S'inclinant devant tant de beauté, dans ton engin renversé, androïde aux capteurs de lueurs, vibrants. Qui graduellement, lentement, s'intensifie, s'illuminant.

Ephemeral hybride à la connexion mentale, axe de balancier, galaxias et hisse. Kay allumeuse magnétique et rétablissement, en conquête, spéciale à célébrer. Aux fortes ardeurs grâce à tes circuits métallisés du new day. Divine changeante, opalisée. Au plan d'étoiles givrées, sombres, glaciales. Miroir d'une muse passionnée, vibrante, désirée, âme sincère et vibravi... guidage avancé en vol élaboré, stabilisé, sans heurt, en lévitation. Toi, les cheveux flamboyants se soulevant, magnétiques. À la mèche albe, du temps écoulé, tel un voile sensuel, bougeant, poussé par le vent léger espiègle, force, indomptable, abyssus. Ephemeral hybride à l'insersion cérébrale, arbre de barillet, galaxias et glisse. Impulsion en vol inversé, interfaces et relais. Brève ode héroïque, spaciale à glorifier, signifiant.

Inhumane Kay

Gloria to Kay…
Sanguine, se décline, sur des terres, tangerine. Pigmentée, ocre arborée, lumière baissée. Dans la nappe de brume matinale, elle marche lentement, digne vers un destin, inexorable, fatal. Vers les sentes éteintes green. Mouvements précis exigés, visibles en surface. Brouillard de vallée, d'eau et de glace. Amazone combative lourdement armée. Portant une armure de bronze et un casque orné. Cyborg aux paupières ouvertes, peintes en son âme. Là une respiration calme, lente. Dans ce conflit qui s'installe dans la durée. Mouvements précis, amplifiés de meurtrière. Voici une respiration plus rapide, plus forte. Apercevant une colonne de trois qui s'avance, te hante. S'indigne de sinistres actions par sa bouche pulpe alizarine se devine… Amplitude vers les cieux, prière envers les Dieux. Brouillard qui se dissipe. Tel un nuage près du sol qui s'élève. Relâchement respirant d'un pas

hésitant. Et à nouveau les gestes justes, devant les autres guerrières. Sans hésitation, dans une attitude fière.

Air expiré de ta bouche, Kay…

Sous une brouée subite, passagère, lumière diminuée. Mouillant tes cheveux roux foncé, à la fine mèche blanche, clarté qui illumine, beauté fantomale. Et tes yeux hazel gris clair, au teint à la touche dorée. Contemplant ta propre mort. Brandissant ton fer d'épée d'Akinakès et perforant leurs corps. Action offensive, assénant tes coups vers l'avant. Mouvements précis, violents qui naissent. Lame se brisant, traversante. Maintenant une respiration précipitée et bruyante. Au son des impacts de ta lame et bruits d'os. Meneuse, humiliant tes ennemis. Leur ôtant la vie. Mi-robot synthétise en perspective. Cyborg incendiaire, œuvrant, mesquine, s'affirme de ruines. Dominante à la grande stature. Cruelle, rageuse, adoptant une posture

Sur un lit de glace noire, rougie.

Gloria to Kay…

Sanguine, se décline, sur des parterres, tangerine. Colorée, jaune animé, lumière appuyée. Dans la splendeur d'un lever de soleil orange sanguine, elle marche tranquillement, divine, vers sa destinée. Mouvements relâchés, flous. Progression des rayons de l'horizon au-dessous. Amazone pacifique déposant les armes et son épée. Son imposante armure et son casque orné. Cyborg aux paupières fermées, teintes son âme. Là, une respiration silencieuse. Dans cette respiration plus rapide, plus forte. Apercevant une assemblée de tes sœurs qui s'avancent. S'indigne de tristes réalisations par sa bouche, pulpe d'aniline se redessine. Amplitude vers le ciel, prières envers l'Olympe. Clarté solaire qui illumine. Tels des nuages, rayons crépusculaires traversants. Relâchement respirant d'une enjambée hésitante. Et à nouveau une attitude appropriée, bien ancrée dans le présent. Sans hésitation dans une attitude légère.

Air expiré de ta bouche, Kay…

Sous les rayons ultra-violets arrivés doucement, éphémères, LED pulsée. Éclairant ta chevelure auburn, beauté absolue, légendaire. Et ton regard aux iris grisés, à la mine chaude, mordorée. Regardant ta propre mort rétrospectivement. Rangeant ton fer d'Akinakès, ta lame couverte de sang. Protectrice envers tes amies. Leur sauvant la vie. Mi-robot synthétise en perspective. Cyborg sanguinaire, glaçante, mesquine, s'achemine de ruines. Dérobe l'air vibrant de ta nuit aka. Vulnérable, à la fragile allure. Fière, triomphale, adoptant une posture. Maintenant Kay te voilà partie.

Sur le sol chauffé par la lumière de l'étoile brunie.

Lignes qui s'éveillent, perpétuelles à quelle latitude ?

Positions verticales, en cambrés, se couchant d'arc-en-ciel. Kay colorée, flashy au regard de la brume matutinale, soulignée, brûlante en puissance vers le ciel étoilé.

Lignes sensuelles, éternelles, à quelle longitude ?

Positions horizontales, en penchés, déviant d'arc-en-ciel. Kay teintée, showy aux yeux des eaux tourmentées, surlignées, vibrantes en ascendance comme irréelles en légèreté.

Vers toi puis vers lui, rythme lent, vraiment fou. Face à face, cambrée, funny, sensuelle et exposée.

Lost in time…

Vers le levant puis vers la Terre, rythme débridé, plus

doux. Par-dessus le vent, dans les airs. Posée lovely, incandescente, désirée.

En un vocal de… « oui… » « de plus vite… » loin. Plongée sensuelle œuvrant…

Timeless traveller…

En dedans puis en avant, en dedans puis en arrière, rythme enragé. Partout te serre. Étendue, pretty gémissante en vue.

In the blue of infinity.

Chronologie en une, lèvres contre lèvres rouge zinzolin, tremblantes, chacune. Kay trash.

« Du bist wundervoll… Vénus .»

Éris en synchrone avec la lune pâle, loin là-bas, bleu de prusse.

Chronologie en eux, corps contre corps vibrants, merveilleux. Kay en un flash.

« Du bist großartig… Vénus. »

Puis Uranus asynchrone avec sa lune pâle, au-delà, bleu de prusse.

Chronologie au pluriel, langues contre langues caressantes, charnelles. Kay ultra trash.

« Du bist extrem… Vénus .»

Pluton en synchrone avec l'astre sélène par là, bleu de prusse.

Tombe, passagère mystère, éclairée dans ce carré sans monde, aux côtés invisibles. À la vitesse ambitieuse, intense. Inonde d'amicales sondes sans cibles… d'hiver.

Plonge, aventurière cyber, illuminée, en cet aéronef sans fronde, étudié incline. À la délicatesse merveilleuse, désirée. Inonde d'indétectables ondes sensibles… d'hiver.

Anatomia… en descendant, très lascivement et postures

en sursis, impliquent des chimiques… atypiques Kay.
Tête fixe glaçon, électrique en bas, chute éphémère, en
attractivité, vers la Terre.

Assenza di gravita…

Anatomia… en ascendant, progressivement et positions
au ralenti, s'impliquent des pratiques… physiques Kay.
Le corps droit glaçon, magnétique en toi, chute devant
ton regard sans mélanine, en gravité vers la géante bleue.
Automate de céramique serti, poudre de riz, Aurora,
pâle d'ivoire. Aux yeux de verre, balancier en métal,
figés. D'azur clair, sage, se mirent.

« Oui lèche-la, très lentement, tête penchée… »
« Ta bouche rouge cinabre, des alchimistes, s'embrase… »
« Respire… puis plus rapidement, par ta langue
console-la… »

Automate de porcelaine sertie, poudre de vie, Aurora,
virginale d'ivoire. Au regard de verre, pièce de plomb,
fixe. Pur, sincère, sur ton visage de cire.

« Oui possède la, très lascivement, par tout ton corps,
tes bras jouis là… »
« Ta bouche rouge écarlate, des hermétistes, s'enflamme… »
« Respire… puis reprend tes esprits, par ta bouche œuvre
là… »

Automate serti, virginal d'ivoire, tenue dragée Aurora.
Non toxique à la forte intensité. Cannelle aux lèvres
argentées, ouvertes, désireuses, confuses, choisies. Aux
désirs s'articulent vanillé sirop, friandise de note acidulée
en sa bouche praline.

Altezza… tu es, être à l'intelligence confidentielle, dans
ta curieuse cuirasse. Projection et évolution vers le futur.
Comme un exemple précoce, caractéristiques esthétiques,

au style éblouissant, en cuivre. Éminent de compressions aliennes. Aux teintes passées, elles en sont ta citadelle, ton centre. Vaste armure, aux interfaces créées, modifiées, exécutées. Aux dialogues informatiques, mathématiques, aux calculs et formules reconnus. Parcourus de chiffres et données. Anticipation ou prévisions, comme des plans ou architectures innovants. Casques ornés pour tous les cyborgs chromés, éclatants, dominants comme des guerriers mutants. Magnifiques aux balanciers extra-complexes, monumentaux. Flux venant d'éther, en phase terminale, en un levier, arcs brisés pour tout stopper. Soutien de l'édification en rouages faits de métal, pour des membres fragiles ou mutilés. D'alliages travaillés, sculptés. Les mobiles ne sont pas au même niveau, de ressorts de barillet sur les côtés.

Prodige en une technique mécanique.

Automate de céramique serti, poudre de riz, Aurora, pâle du soir. Au sourire de contours dessinés, en métal, figé. De passe-velours des premiers jours.

« Oui lèche-la, plus passionnément, tête sur le côté… »

« Ta bouche rouge cinabre, des alchimistes, s'entremêle… »

« Respire… puis plus violemment, par ta langue entre là… »

Automate de porcelaine sertie, poudre d'envie, Aurora, virginale d'espoir. Au rictus de contours tracés, comme du cristal, glacé. Tel un rempart des premiers jours.

« Oui aime-la, contre toi de haut en bas, déterminée… »

« Ta bouche rouge écarlate, des hermétistes, s'enivre… »

« Respire… entends ses cris, par ta langue captive là… »

Love mix, langues s'entremêlent, avec quelle attitude ?

Positions principales, en variété, innovant d'arc-en-ciel. Kay excitée, flashy à la bouche d'une saveur prune inoubliable, dessinée, douce en puissance vers l'irréel et fantasmez.

Désir mix, langues se mêlent, à quelle amplitude ?

Positions variables, en volupté, émoustillant d'arc-en-ciel. Kay enivrée, showy aux lèvres repulpées, colorées, suaves en ascendance vers l'irrationnel et rêver.

Vers le dessus puis en dessous, rythme lent, vite affolé. En ligne, funny, charnelle et dénudée.

Warriors over time…

Derrière puis à l'endroit, rythme saccadé, pas posé. Par au-dessus puis dans l'ionosphère. Positionnée lovely, ardente, requise.

En un vocal de… « oui… » « de plus fort »… loin. Plongée manuelle frémissante…

Burning timeless…

En dedans puis en avant, rythme effréné, peu effacé. Par le dessous t'étreins. Couchée, pretty hurlante sans retenu.

In the light of infinity.

Chronologie en une, poitrines contre poitrines pointantes, chacune. Kay trash.

« Du bist perfekt… Carlin .»

Éris en synchrone avec la lune pâle loin là-bas, bleu de Berlin.

Chronologie en eux, dos contre dos, vertigineux. Kay en un flash.

« Sie sind sie… Carlin .»

Puis Uranus asynchrone avec sa lune pâle au-delà, bleu de Berlin.

Chronologie au pluriel, langues contre langues ensorcelantes, fonctionnelles. Kay ultra trash.

« Du bist fesselnd… Carlin .»

Pluton en synchrone avec l'astre sélène par là, bleu de Berlin.

Entre tes cuisses, amour divin, pénétrant, jouissant devant tes cris. En avant, par-derrière… s'envole praline Emilie. Masque miel aux lèvres métal, entrouvertes, savoureuses, choisies. Être de silicone posé, non toxique à haute densité.

Masca en simple protection, à la lumière du moment, élaboré. Barrière alba… rôle différent par-devant, coulissant.

Entre tes cuisses, divine love, pénétrante, orgasmante devant tes envies. Au-dessus, d'avant en arrière… décolle divine Émilie. Masque cannelle à la bouche métal, ouverte, désireuse, choisie. Entité de silicone entreposée contre elle ou lui.

Domina… Enveloppe de vie d'entités censées, aux contours d'acier fortifiés, renforcés, ornés au mérite, encrés dans la terre, atmosphère. Les plaques soudées dans ton armure découpée puis assemblée, métallisée, magistrale. Comme un rempart, fractions élémentaires, pièces tranchantes, meurtrières. Interrompue par câbles, version de façade, d'autres alliages, des épées aux lames d'une couleur rouge pour tuer. Traversées dans la chair, brève, fantômes ou silhouettes transparentes comme des spectres. Humains de la grande Terre unique, elle passant du bleu roi au cyan clair. Corps sculpté comme dépossédé, protégé, aventureux. Fluide venant d'éther, de massacres d'humanoïdes, évacués.

Prodige en une réalité tragique.

Pulsion du vivant, des constellations ou des mondes clairvoyants. Kay disloquée, délestée. Membres amovibles, modifiés, loin des champs de bataille et cibles, en résidus révoqués.

Dicible…

Propulsion vers le néant, des émotions ou des mondes désarmants. Cyborg brûlée, oubliée. Membres mobiles, analysés, loin des champs de bonté, sensibles, en morceaux broyés.

Indicible…

Animation du respirant, des évolutions en des mondes surprenants. Kay démontée, déchargée. Membres extractibles, perfectionnés, loin de terrains assassins et mobiles, en cendres destitués.

Dicible…

Circulation dans le vent, des sensations en des mondes saisissants. Cyborg incendiée, déposée. Membres mobiles, inspectés, loin de terrains tranquillisés, paisibles, en un tombeau fermé.

Indicible…

Déchets pilotés, à très haut degré, dans la grande coulée. Nouvel élan de vie, aux flammes dévorantes, activées. Ton corps d'argent, d'aplomb, se transforme pour avancer, Metaphora… Point de fusion, brûle-fer s'accomplit. Dans ton armure articulée, cuirassée tu respires. Efficience d'une pièce finale, terminale rougie. Étends ton spectre sans excès, blume étrange à l'aspect chromé, tu attires les regards de la tête aux pieds.

À la fragrance de l'or chauffé au souffle subtil…

Débris gérés, d'un haut niveau élevé, dans la grande coulée. Nouvel élan d'envie, aux flammes ardentes, dressées. Ton corps de cuivre, d'un temps passé, suranné, s'affiche, Metaphora… Point d'attraction t'enserres dans un cri. À la brisure consolidée, cuirassée tu désires. Efficience d'une pièce axe spirale, centrale infinie. Agrandis ton rayonnement par paliers, blume fascinante à la teinte cuivrée, tu attises le désir en intégralité.

À l'exhalaison de l'acier brûlé au souffle fragile…

Rebuts compactés, à la température souhaitée, en vérité. Nouvel élan de cœur, aux flammes déclaratives, attisées. Ton corps d'étain, d'audacieuse, liquéfié s'affirme, Metaphora… Point d'érosion, sur l'envers par l'apprenti. À la structure constituée cuirassée tu peux sourire. Efficience d'une pièce d'alliages, de métal surgi. Love max, corps qui s'étreignent, avec quelle attitude ? Positions ancestrales, en accéléré, rythmant d'arc-en-ciel. Kay stimulée, flashy en son centre principal, érotisé, édifice en puissance, ascensionnel et goûter.

Désir max, corps qui atteignent à quelle amplitude ? Positions terminales, effrénées, aboutissant d'arc-en-ciel. Kay embrasée, showy dans son axe optimisé, avéré, explosif en ascendance, artificiel et savourer.

En et derrière toi, rythme lent, éperdu. Devant, funny merveille et possédée.

Archer stopping time…

Sortant puis rentrant, rythme explosif, absolu. Par l'envers sous le tonnerre. Posture lovely, incendiaire prise.

En un vocal de… « oui… » « de plus possédée… » loin.

Plongée sexuelle glissante…

Timeless traveller…

En dedans puis vers l'avant, rythme vif, pas confus. Au revers te tient. Position pretty rugissante en vue.

In all the shades of Infinity.

Chronologie en une, mains contre mains puissantes, chacune. Kay trash.

« Du brennst… Érato .»

Éris en synchrone avec la lune pâle loin là-bas, Berliner Blau.

Chronologie en eux, reins contre reins, aventureux. Kay en un flash.

« Sie sind stark… Érato .»

Puis Uranus asynchrone avec sa lune pâle, au-delà, Berliner Blau.

Chronologie au pluriel, langues contre langues émoustillantes, manuelles. Kay ultra trash.

« Du bist intensiv… Érato .»

Pluton en synchrone avec l'astre sélène par là, Berliner Blau.

Ondulation pressente, serpentine, de tes fesses musclées, souples. Progressant en ligne flexueuse, de va-et-vient. Érotisation pressante d'Églantine. Aux iris des merveilles, étoile mutante.

Agitation explosante, serpentine, ta taille fine, s'accouple. Délicate en ligne sinueuse, de va toujours plus fort, plus loin. Excitation près de piquantes églantines. Et gémir sans sommeil, étoile filante.

Voltigeurs en première ligne du cœur battant, enivrance. Mouvements et vaciller… des carbonés, les combinés, copies chimiques. Élaborations en fonction, real objets en appétit. Plus mécaniques avant-gardistes, pour toi dans le fond, élans consumants, étourdissants, perfectionnistes, spécialistes.

Défenseurs uniques du cœur cognant, en partance.

Balancements et osciller… des dérivés, les composés, copies non organiques. Organisations en situation, current objets inassouvis. Plus robotiques avant-coureurs, pour toi après réflexion, élans brûlants, éblouissants, précurseurs, annonciateurs.

Ondes serrées, gravitationnelles, dans ton espace électromagnétique in the groove… couchée sur des lignes courbes, fermées se prélasse… état de grâce en ordre pair… dans des fréquences données et reproduire. Sonde et goûte Kay en fermant les yeux sans mystère, impasse et pair…

Ondes carrées dans le ciel, sur ta place mécanique in the groove… lovée sur des lignes ouvertes, brisées et passe, êtres s'enlacent… état de masse en ordre impair… dans des cadences parfaites et enchaîner. Dans ton monde Kay t'affichant plus que deux sans trop en faire, impasse et perd.

Ondes éthérées, éternelles, te surclasse caractéristique in the groove… allongée sur des lignes obliques, azurées, s'efface… état en place et ordre s'opèrent… des récurrences répétées et revenir. Blonde et désir Kay de leurs vœux sans eye-liner, impasse et serre.

Formation sur l'astéroïde glacé d'humanoïdes impassibles qui se déclinent. Androïdes si proches et éloignés, à la jonction optique dans la teinte bleutée, halo des cristaux reflétés. Création du satelloïde inné pour l'anthropoïde immobile qui se dessine. Kay à demi-androïde si lointaine, étrangère, isolée. À la liaison graphique vers le ton ultraviolet, halo des cristaux diffusés. Vibrations dans le vaisseau ovoïde éclairé du mi-androïde fragile qui s'affine. Si complexe seule passagère, à la connexion

électronique dans la couleur du spectre à l'extrémité.
Veilleurs logiques du cœur battant, en transe.

Vision sur l'astéroïde oublié d'humanoïdes tranquilles qui se devinent. Androïdes si près et détachés, à l'interaction énigmatique dans la nuance azurée, aura du cristal aux atomes rassemblés. Édification du satelloïde tactile qui s'anime. Kay quasi androïde si encline à voyager. À la force électromagnétique vers la masse recouverte des vestiges du passé, aura du cristal propagé. Modulations dans le vaisseau ovoïde allumé du mi-droïde sensible qui s'incline. Si perplexe seule invitée, sur une base primitive non exploitée, dans la torpeur spectrale du rouge vers le violet.

Kay cyborg synthétise en perspective...

De sa bouche pulpe grenat, se devine, langue glaçon, Kay désirée. Sous le bleu clair d'une voûte étoilée. Aux lèvres de cupidon dans le ton, machine. De nacre aux cristaux formés.

De sa bouche pulpe nacarat, se redessine, langue glaçon, Kay regardée. Sous le pâle clair univers polarisé. Aux lèvres de cupidon ton sur ton, digne. De nacre d'écailles incrustées.

De sa bouche pulpe magenta, se rime, langue glaçon, Kay éveillée. Sous l'incolore clair de lune éclairé. Aux lèvres de cupidon donnent le ton, sanguines. De nacre du jaune vers le violet.

Lignes qui s'émerveillent, perpétuelles, à quelle latitude ? Positions vitales et avancer, s'inclinant d'arc-en-ciel. Kay colorée, flashy au regard de la brume matinale, soulignée, filante en provenance du ciel éclairé.

Kay mi-robot synthétise en perspective...

De sa bouche pulpe alizarine, se devine, langue glaçon, Kay énervée. Sous le bleu clair de néons enclenchés. Aux lèvres de cupidon hausse d'un ton, s'indigne. De nacre aux reflets irisés.

De sa bouche pulpe d'aniline, se redessine, langue glaçon, Kay absorbée. Sous le pâle clair d'écran allumé. Aux lèvres de cupidon dans le ton, clandestine. De nacre du vert à la teinte rosée.

De sa bouche pulpe grenadine, se rime, langue glaçon, kay observée. Sous l'incolore clair de LED flashé. Aux lèvres de cupidon ton sur ton, s'achemine. De nacre perle créée.

Lignes parallèles, éternelles, à quelle longitude ?

Positions virales, en volonté, défiant d'arc-en-ciel. Kay teintée, showy aux yeux des eaux troublées, surlignées, fuyantes en ascendance comme irréelles en liberté.

Contre toi puis tout contre lui, rythme lent ensuite dément. Face et dos, allongée, funny manuelle et érotisée. Goddess out of time…

Son bras t'enlaçant vers l'arrière, rythme exalté, peu clément. Par-dessous le zéphyr, dans la mer. Exposée lovely torride volontaire.

En un vocal de… « oui… » « de plus à fond… » loin. Plongée virtuelle gémissante…

Timeless pleasure…

En dedans puis en avant, rythme déchaîné, pas hésitant. Par derrière t'enserres. Appuyée, pretty orgasmante sans retenue.

In the orange tree of infinity.

Chronologie en une, beautés contre beautés époustouflantes, chacune. Kay trash.

« Du bist vernünftig… Carlin .»

Éris en synchrone avec la lune pâle, loin là-bas, bleu de Berlin.

Chronologie en eux, cœurs contre cœurs battants. Kay en un flash.

« Du bist entschlossen… Carlin .»

Puis Uranus asynchrone, a tes yeux pâles au-delà, bleu de Berlin.

Chronologie au pluriel, désirs contre désirs puissants. Kay ultra trash.

« Du bist wie ich… Carlin .»

Pluton en synchrone avec l'astre sélène par là, bleu de Berlin.

Ondulation lente, serpentine, de ton bassin cambré, souple. Progressant en ligne flexueuse, de va-et-vient. Érotisation pressante d'Églantine. Au regard des merveilles, étoile ardente…

Agitation puissante, serpentine, tes reins courbés, s'accouplent. Vibrants en ligne sinueuse, de va toujours plus fort, plus loin. Excitation près de sentes églantines. Au plaisir plaise, étoile filante…

Inclinaison orbitale en abrégé. Spectacle fatal, vision d'un double dans l'air gelé. Mi-robot éthéré, Kay charnelle comme suspendue au-dessus des champs de dunes, en ce lieu exaltant.

À l'armure argentée, illuminée sous le ciel jaune-brun. Mouvements frénétiques de ton bassin, sous un climat glacial, températures maximales et émotions. Chevelure à ta taille, trainée ardente et toison. Lady's gouttes otiques vers le bas s'écoulant.

Plan orbital écourté. Tableau comme étourdie, évocation

d'un double dans le vent violent. Cyborg lascive comme ondoyante vers les calottes polaires, en ce lieu excitant. Casque orné, irisé plein de beauté si besoin. De gestes saccadés, sous une froideur élevée, givrante. Ensemble des cheveux au creux de tes reins, empreinte lumineuse qui orne. Lady's gouttes métalliques vers le haut se répandant.

Résonnance orbitale, posée là, dévoilée. Féerie d'un fantastique univers, apparition d'un double dans le zéphyr givré. Être pensif comme tournoyant dans les tempêtes de poussières, en ce lieu entêtant. Parure intégrale activée, sous l'horizon au loin. Taille qui monte et inversement sous un climat austral figeant. Masse de cheveux caressant tes hanches, ligne éclairée qui orne. Lady's gouttes graphiques vers l'avant s'étalant.

Période orbitale, déposée. Attraction et attirance, vue d'un double sous le soleil inexistant. Kay sensuelle comme marchant dans ce désert de fer, en ce lieu étourdissant. Épée aux reflets ambrés, enjoint. Corps cambré tout entier, sous un vent éprouvant. Cheveux comme des lianes, marque éclatante qui orne. Lady's gouttes poétiques vers le dessous se dissipant.

Déclinaison orbitale en résumé. Représentation d'où ils se glissent, vision d'un double dans la fraîcheur s'élevant. Caressante comme planant sous ces nuages abondants, en ce lieu grisant.

À l'attitude volontaire, enfin. Coups de tes reins cadencés, dans un pays spécial, incendiaire. Crinière de fauve cuprifère, sceau brûlant qui orne. Lady's gouttes érotiques vers l'arrière s'évaporant.

Manœuvre autour de ta taille… loin des matassins.

Agilité sans frein, explosive Volitiva. Au simple appui sans souci, au support crucial. Presque animale, suivi lié, animé. À la pression fanatique. Membres diamants fantasmés, compatibles. Sans paroles et signes.

Remuement plus humain… loin des matassins. Mobilité de ton bassin, lascive Volitiva. Au contre appui sans neurasthénie, de ta phase au total. Puis unipodal, suivi oscillant, martial. À la marche normale, dynamique moins endolorie. Pieds diamants chromés, aux capteurs puis transformateurs, à la place de tes tendons en osant. Vers les terres heurtées, réunies.

Réellement plus féminin… loin des matassins. Agilité dans tes reins, érotique Volitiva. À l'appui dans le sens de la vie, de ton palier au final. Ensuite bipédale pas statique mais primordiale. À la marche banale, énergique moins meurtrie. Socles diamants argentés, aux microprocesseurs puis actionneurs, à la place de tes ligaments en démarrant. En travers d'un sol percuté, rougi.

Déplacement du lendemain… loin des matassins. Fixité regardant le point, sensuelle Volitiva. Au double appui contre l'ennui, de ton cycle vital. Presque postural, suivi vaillant, global. À la marche triviale sans superlatifs. Supports diamants métallisés, aux amplificateurs puis analyseurs, à la place de tes muscles en mouvement. Par-devers l'aire stabilisée, amie.

Maniement du gouvernail… loin des matassins. Mobilité de tes mains, précise Volitiva. Preuve à l'appui sans compromis, de ta phase finale. Puis cérébrale, suivi relié, activé. À la précision diabolique. Mains diamants rêvées, adaptatives. Sans paroles et tu signes.

Fluide fragile, insuflant ta force. Kay tactile, au toucher, doux, sur leurs peaux, apposé. Taction et sensation en leur chair, s'enivrant. Soie pousse, légère, garnie. Movement mechanism du mi-androïde sincère, pianotant, agile comme une plume souple, enlevée par le vent Murasaki.

En un cercle total hidari, devant l'arche illuminée.

Fluide sensible, communicant ton élan. Kay tactile, au toucher, flou, sur leurs épidermes, initié. Taction et pression en leur prière, glissant. Soie douce, aérienne, fournie. Movement mechanism du mi-androïde qui resserre, tapotant, habile comme une plume souple, repoussée hors du temps Midori.

En une trajectoire d'arc-en-ciel migi, face à l'arche colorée.

Cyborg, tu sortiras de cette obscurité. Cela ne sera qu'une simple éclipse, loin des ténèbres. Afin de revoir la clarté comme au début de la création, à l'origine du temps. Dans le royaume cendré fantomal immersi… Plantée dans la glace irradiée elle fut… Ton épée de guerre, tranchante, équilibrée aux courbes enfichées. Meurtrière adoptant un comportement hostile. Traités violés et conflits jusqu'à la fin de la guerre.

Et renversement…

Kay des rives bleues, luttant pour sa culture, pour celle des siennes. Sacrifiant tout pour défendre ses sœurs aliennes. Faisant couler le sang, ténèbres à la tombée du jour. Ombres naturelles projetées par la terre pour l'éternité. Frappant jusqu'à faire la paix et l'enterrer. Au plus profond du royaume des eaux abyssales immersi… Posée là dans un bout de miroir givré elle fut… Ton

arme de guerre, impérieuse, égale, aux courbes insérées.
Destructrice approuvant une attitude cruelle. Rivalités
d'entités jusqu'à la fin de la bataille.

Et renversement…

Kay des lacs azurés, luttant pour sa vie pour celle des
siennes. Abandonnant tout pour garder ses sœurs et ses
biens. Donnant la mort, obscurité au crépuscule du soir.
Ombres naturelles projetées par la terre et mourir.
Frappant jusqu'à se réconcilier et l'ensevelir. Au sein du
royaume bleu spectral immersi…

« Si tu chancelles, retiens-toi par la volonté. Ne triche
pas. Scelle une alliance en toute conscience. Sur cet astre
ou d'autres galaxies. »

« Synthèse de la mort et de la vie… »

« Si tu vacilles, oppose-toi à la réalité. Ne te mens pas.
Scelle un pacte en toute confiance. Sur cette planète ou
d'autres univers établis. »

À la vie à la mort réelle ou non, voilà ce qui se joue.
Exécute, dresseuse de corde peu distraite, virtuose à
grande hauteur, sur ton fil-de-fériste, ta scène périlleuse.
Équilibriste royale, déconcertante d'éblouissante. Cyborg
en marche, face aux embûches. Coordination par-delà
les galaxies connues.

Puis reprends ton souffle… Anmutig.

Poétesse sur la corde raide… tendue. Prise en étau entre
forme et servitude. Mime de meneuse, voltigeuse de
plaine cambrure. Chérissant sur sa main une pierre de
lune. Adulaire limpide, irisée, opaline perlée. Dont la
principale fut opposée. À l'éclat d'une lunaison bleuâtre
ou argentée. Constellée de taches de rousseur, minois
sage, d'une peau lunaire.

Fais appel à tous tes sens ou non, voilà ce qui se joue.
Réalise, dresseuse s'accorde peu discrète, en symbiose, à haute frayeur, sur ton fil-de-fériste, ta scène dangereuse.
Équilibriste sculpturale, surprenante d'émouvante.
Cyborg en marche, pleine de contraintes. Concentration au-delà des univers reconnus.
Puis reprends ton souffle… Erkunden.
Poétesse sur la corde raide… fluctue. Prise en contour entre figure et contrainte. Mime de meneuse, voltigeuse de pleine posture. Piliers de cendres éclatés, s'élevant de l'atmosphère vers son sommet. Sur l'astre de nuit, rouge sang à l'éclipse totale. S'anime dans sa bulle lors de sa danse de cour ou lueur prisonnière.
Mène à bien ou non, voilà ce qui se joue.
Fais, dresseuse sans ordre peu parfaite, par osmose, à forte peur, sur ton fil-de-fériste, ta scène sulfureuse.
Équilibriste incroyable, désarmante. Cyborg en marche, affrontant la vie. Émotion là au fin fond des mondes vus.
Puis reprends ton souffle… Skandalos.
Poétesse sur la corde raide… émue. Prise en tenaille entre libre obligation et réelle émotion. Mime de meneuse, voltigeuse de pleine structure. D'un regard passant du bleu au vert. Frôlant parfois la Terre, sa bruyère ou survolant les roselières. De son tartan à la pâle couleur, teinture issue des plantes de neige bercées par le vent stellaire.
Lèvres en arrière, particulières, arc de cupidon à l'attraction.
Suki desu…
Ichi, ni, san… sur la quatrième planète bleutée de vallées glacées.

Rutilante de la nuit. Fragments qui miroitent les désirs. D'une barre verticale s'éclaire d'un fond mélodieux. Atomes de prestige, blancs, alba laquée. Brillante, lustrée en sa bouche rose vintage grisé Sakurairo.

Chatoyante de la nuit. S'éclaire d'un vif rouge de mars, de feu. Atomes de prestige, blancs, alba émaillée. Sur la barre d'apparat au fond de sa bouche serrée Sakurairo.

Tête en arrière, particulière, posture du poisson à l'unisson. Suki desu…

Ichi, ni, san… sur la quatrième planète bleutée de lacs gelés.

Battement d'œil… Disques à haut degré, pupilles variables sous la lumière. Arcs-en-ciel en dégradé, iris hazel brown plus verte, fois deux ou bleu. Battement de cils… Cercles montrant ton humanité, pupilles sous les éclairs. Arcs-en-ciel flouté, iris hazel brown plus gris, fois deux ou pluvieux.

Clignement d'œil… Kay plaquée comme aimantée, prunelles dilatées sous l'excitation. Arcs-en-ciel enivré, iris hazel honey plus vert, fois deux ou bleu. Clignement de cils… Kay adossée comme électrisée, prunelles contractées sous l'agitation. Arcs-en-ciel noyé, iris hazel honey plus gris, fois deux ou langoureux.

Memory…

Reconnecte-toi au passé échu. Ressens la vie d'une caresse posée… t'étreinte.

Memory…

Raccorde-toi aux évènements. Reprends vis, d'un baiser déposé… t'empreinte.

Tu ébranles ton écran, panneau, moniteur austère, tactile

grâce à ton bras et main faits de câbles. Amarres, récepteurs à perception à la chaleur, à la sueur. Système articulé, tu te ressens revivre. Amplificateur détectant à l'insertion automatique. L'ordinateur embarqué dans ton membre étudie, disséquant les indices et algorithmes. L'électronique répondant à chacun de tes mouvements Kay. Jointures restaurant le sens du toucher tu te sens revigoré. Aux fils conduisant l'entraînement électrique. Microprocesseur à sensations. Liant les signaux transférés en pluie et traduisant chaque procédure médicinale et reven-diquent…

Tu touches ton écran, panneau, moniteur froid, fragile grâce à ton bras et main en fibre de verre. Amarres, transmetteurs à intégration mécanique et capteurs. L'ordinateur embarqué dans ton membre analysant le signal, tu te sens respirer. Motorisation électronique, tes électrodes fixées répondent à tes pensées Kay. À détections de mouvements, de sentiments. Tes articulations restaurent ton sens du toucher, tu te sens pleurer. Fils conduisant l'impulsion électrique, ton microprocesseur lit les signaux transmis en pluie, ceux traduits médicinales et revendiquent..

Tu caresses ton écran, panneau, moniteur glacé, subtile grâce à ton bras et main assemblée, chromé. Amarres, diffuseurs à réception, à l'apogée, à la hauteur. Système avancé, tu te laisses glisser. Émetteur révélant à l'insertion cybernétique. L'ordinateur embarqué dans ton membre détecté et annonce le présage. Tes articulations réparent ton sens du toucher. Indicateur à l'insertion multiple, aux conducteurs attachés agissant grâce à ta volonté. À détection de remuements, d'attachements. Jointures restaurant le sens du contact, tu te vois apprécié. Fils donnant l'impulsion énergétique, ton développeur lit les signaux transmis en pluie, ceux traduits médicinales et revendiquent…

Vibrance contre lui… du combiné pressé. Électrique, tête en arrière, cambrée et tu jouis. Très loin dans des lieux imaginés. Parfaite… reflet contre le verre polarisé. Kay last autumn, craie couleur pigmentée orange, chaude, révélée, fine. Sous une lumière baissée. Sanguine, se décline, près des eaux douces, tangerine. Sans absence mais bien là, femme fatale éblouit.

Frémissance sur lui… du constitué excité. Électronique, tête par terre, allongée et tu cries. Très loin vers des cieux éclairés. Imparfaite… effet de serre étouffé. Kay last autumn, pastel teinte jaune, tendre, arborée, digne. Sous des rayons diminués. Sanguine, se décline, à côté des eaux claires, tangerine. En conscience pour toi, femme de métal rougi.

Frissonnance par lui… du carboné passionné. Électro-énergique, tête guerrière, relevée et tu vis. Très loin des demi-dieux, divinités. Demeurant vers la basse ionosphère, sanctuarisée. Kay last autumn, minéral ocre, composé, divin et signe. Sous un soleil altéré. Sanguine, se décline, sous des eaux floues, tangerine. Présence en toi, femme spaciale aguerrie.

Tige et métaphore aérienne, faisant levier pour basculer. Contre ton médaillon bleuté, complémentaire en laiton, pistons. Dans l'axe initial comme celui principal. Action… éclat brisé sur ta joue et perception. Barre sur ressort polarisée dans tes engrenages et rouages pour actionner. Contre ton plastron bleu lunaire en un mécanisme à remonter. Dans l'axe initial comme celui primordial. Réflexion… éclisse mal positionnée sur ton cou et réfraction.

Bras et transfert délicat, en point d'appui pour rouler. Contre ta parure cyan, primaire en bronze, armature. Dans l'axe originel comme celui essentiel. Intervention… fragment fracturé sur ta joue et compréhension. Bâton sur déclencheur activé, dans tes réseaux et dispositifs pour manœuvrer. Contre ta structure bleu vert en un dynamisme à contrôler. Dans l'axe naturel comme celui cicatriciel. Configuration… éclisse mal implantée dans ton cou et déviation.

Par moment tu restes en toi, lévitation magnétique sans actions et appuis de tes mouvements jerky hot de défi. Maxi… mus interruptus, dans ta gorge devenue cramoisie, dingua de toi Kay.

In the future days et revis vers le noir sidéral, vital, fly over cunnilinctus.

Brusquement on t'entend ta voix, ambition érotique, abandon et envie de tes écoulements jerky hot abouti. Maxi… mus orgasmus dans tes entrailles à l'envie, fous de toi kay in future days et jouis en un mouvement astral, fly over viral, cunnilingus.

Par instant tu n'es plus toi, propulsion nucléique sans animations et amis de tes soulèvements jerky hot funky. Maxi… mus interruptus dans ta chute de reins rendue rougie, accro de toi Kay. In the future days et vis vers la clarté sidérale, vitale fly over cunnilinctus.

Brutalement on sent ta loi, émotion lubrique, abjuration et appétit de tes ruissellements jerky hot punky. Maxi… mus orgasmus dans ta fente à l'envie, raides en toi Kay.

In the future days et jouis en un soulèvement astral, fly over cunnilingus. En deux temps contre toi, accession physique bien en dedans et tu cries de tes enivrements jerky hot Kay.

« Speak to me… »

« Sans retenu, toi en froideur de larmes… figée. »

« Tell me… »

« Sans sous-entendu, toi en douceur de charme… enveloppée. »

Water in the air dissimulant discrètement tes larmes de rage par une pluie, la verglaçante, qui s'abat, fatale, diluvienne, relentless. Glissement le long de tes membres métallisés en surfusion. Anatomie de reine loin de Tess, contre le verre saphir, à travers. Gouttelettes translucides, naissantes, graciles comme une rosée de pétales sans caresses. Fraîche en précipitations, au rideau te recouvrant en finesse.

Water in the air, cachant pudiquement tes sanglots de peine par un vent, le levant, te poussant brutal, soudain, relentless. Enveloppant tes membres chromés en pression. Anatomie de reine loin de Tess, soulèvement vulgaire, en travers. Zéphyr d'ouest puissant, hostile, naissant comme une bourrasque d'ouragan sans caresses. Gelée en élévation, aux arceaux te cachant en adresse.

Water in the air, enlisant simplement ton chagrin d'amour par les cristaux de glace, des manteaux neigeux, en surface, du poudrin, relentless. Immobilisant tes membres ornés en congélation. Anatomie de reine loin de Tess, coulée piégeant sans lumière, en travers. Givre profond, grésil se formant comme une couche sans caresses. Figée en glaçon compact au carcan frissonnant en détresse.

Water in the air, oubliant joliment ton tourment d'ennui par tes pensées, celles enfouies, d'hier de demain, relentless. Humectant tes lèvres sensuelles bien dessinées en émotion. Anatomie de reine très loin de Tess, oubliée et effaçant des souvenirs sans travers. Avenir futur, futile se créant sans jugement avec allégresse. Déterminée, en réaction, aux envolées poétiques en politesse.

« Speak me… »

« Sans retenu, toi en beauté de perles… déferlent. »

« Tell me… »

« Sans sous-entendu, toi en volupté de qualités… conjuguées. »

Nova et s'entrechoque ton monde la métamorphosée. Poussière d'étoiles, contrôlée, en un très long baiser… contre son torse d'humain, aux muscles développés, sans ta cuirasse maintenant. Gracile sous couverture, recouvrant le sol d'un oui au pluriel. En reconnaissance effrayante… faciale, biométrique et contact. Va et viens par-là, gravitational, dans le champ de force et attraction doucement puis brusquement pour le commencement please… Kay en grâce au sourire glossy, ensoleillé. En un sursis, à la poitrine tendue, excitée.

Prismes adroits dans les cubes jaunes, bleus, oranges et dorés.

Supernova et s'entrecroise ton univers la transfigurée. Rougissante, surveillée, éjectée en un vaste lieu tenu secret… contre son buste de terrien, en tension irradiée, te dévoilant. Tactile, sous procédures, tapissant la Terre d'un oui au pluriel. En identification glaçante… faciale, biométrique et accès. Va et viens en toi, gravitational, dans le temps s'amorce et interaction ralentissant puis s'accélérant tu le sens please… Kay en grâce à la bouche entrouverte, humectée. En la grande galaxie, aux cuisses ouvertes, décroisées.

Prismes foudroient dans les cubes colorés.

Hypernova et s'entre-heurte ta civilisation la transformée. Particule interstellaire, épiée, sur écrans carrés… contre son physique athlétique, masculin, aux membres sculptés, te découvrant. Docile, faite de calculs, parsemant le relief d'un oui au pluriel. En vérification affligeante… faciale, biométrique et entrée. Va et viens par-là, gravitational, dans le vent féroce et intension sans à-coups plus rapide maintenant please… Kay en grâce aux paupières peintes, fermées. En mode survie, au corps métallisé, perforé.

Prismes droits dans les cubes multiples, argentés.

Rechargement sous néons, câblage diodes triplées, multiprises ou sous la lune.

En voix off…

« Oui, reprends tes esprits Kay. »

Artificiel hologramme s'enlace en un allumage physique, à la teinte pulsée rouge-oranger des LED. Ressourcement sous tubes, en raréfaction diodes triplées, multipliées, pas tout à fait brune.

« Ouf, vis kay. »

Artificiel se lasse en un éclairage électrique, teint à intervalles réguliers, jaune ensoleillé des LED. Approvisionnement sous gaz, charges diodes transformées, multidiffusées mais pas qu'une.

« Bon, te voilà partie Kay. »

Légère comme une plume. Artificiel et passe en un mirage fantasmagorique, image virtuelle, teinte à forte intensité, mauve bleutée des LED. Dextérité, aisance aisée Kay and kiss se mêle. Puis t'indiffère devant, derrière... regardé par elle, regard hazel, mortaise. Balade en enfer, Ginger contre toi, en partance. Sensuellement sous fréon, lassage de liens triplés, multiprises et s'enfume.

En voix hors champ...

« Oui, entend tes désirs Kay. »

Artificiel hologramme s'enlace en un fluide physique, à la saveur fruitée rouge-oranger, effet de serre. Érotiquement sous tubes, en excitation de va-et-vient musclés, multipliés, hume.

« Ouf, revis Kay. »

Artificiel s'embrasse en un influx magnétique, à la saveur sucrée de baisers ensoleillés, effet sincère. Puissamment en nage, en marge transformée, multivitaminée et assume.

« Bon, te voilà partie Kay sans rancune. »

Artificiel impair et passe en un virage magnifique, image potentielle, saveur poivrée, arôme concentré, mauve bleutée, effet par paire. Habilité, présence aisée Kay and kiss s'emmêle. Puis t'indiffère... matée par elle, regard hazel, mord d'aise. Tu n'en as rien à faire, Tyler pour toi, en séquence. Émerveillement sous lampions, câblage diodes triplées, multiprises ou sur la lagune.

En voix in...

« Oui, revient à toi Kay. »

Artificiel hologramme s'enlace en un allumage tragique, à la teinte pulsée turquoise bleutée des LED. Ressourcement sous tubes, en raréfaction diodes triplée, multipliée, presque brune.

« Ouf, ressens Kay. »

Artificiel se place en une étendue de sable unique, à la saveur salée de baisers ensoleillés, effet de la mer. Violemment en nage, en marge humidifiée, multiaimée et brume.

En voix et clin d'œil…

« Bon, te voilà au paradis Kay à titre posthume .»

Artificiel sur l'envers et passe en un mirage synthétique, image irréelle, saveur des galets, arôme nacré, vert jaune bleuté, effet par terre. Doigté, nuance aisée Kay and kiss et scelle. Puis t'indiffère par-devant, par-derrière… scrutée par elle, regard hazel, que ça te plaise. D'enfer avec Amber en toi, en fréquence.

Larmes d'étoiles, prenant le chemin, le long de joues pâles. Par essence… rayonne Kay, spectrale. Paupières se voilent, déloyales. Déploie tes ailes oréade dans les airs. Se joue ta vie vers le paradis ou l'enfer… ton existence. Armes de pleurs filantes, archère.

Larmes d'étoiles, glissant sur ta main, de cuivre, de métal. En conscience… céleste Kay, fantomale. Regard se dévoile, brutal. Étends tes élytres oréade volontaires. Risquant ton futur ce jour comme d'hier… en substance. Armes d'une douleur présente, guerrière.

Fundamentum de ton imperfection hydre, technologique, mécanique, presque développée, entendant ta voix, au souffle flaw, d'existence. Loin de la prêtresse, fils torsadés, s'enlacent, sur tout ton corps, courbes et doubles courbes de métal et cuivrées, ornementales. Futura… Être incomplet, serve défectueuse. De la société en liesse et tu souffles lascivement, œuvrant aux yeux humides, rallumés, entourés de leurs bras puissants. Kay glissant vraisemblablement vers le désir, évocation dans son centre, appelée Essaim chromé…

Fundamentum de ton émotion hybride, mathématique, calculé, écoutant ta voix, au souffle flaw, d'existence. Loin de la prêtresse, fils consumés, s'opposent, s'accrochent sur toute ta surface, d'or et métallisée, crucial. Futura… Entité remontée, serve lacuneuse. Toute l'assemblée se presse et tu souffles langoureusement, à la poitrine relevée, tendue, à la forme arrondie, léchée de leurs langues avides, chaudes, Kay clignant des yeux, aux sens interdits, requalifiés, Essaim chromé…

Fundamentum de ton excitation inclusive, à l'évocation insensée, dans les zones imperceptibles, certainement peu évoquées, spéciales. Futura… Créature vibrante, serve sinueuse. De la société précieuse et tu expires, après l'enfer le paradis, hurlant de ta voix, au souffle flaw, d'existence. Loin de la prêtresse, fils câblés, autour de ton enveloppe, se heurtent, atomisés, bestiaux. Futura… Cyborg électrisée, serve accrocheuse. Et tu t'empresses soufflant et gisant, Essain chromé…

Contact… décroissant.

Under the orange-pink moonlight, mutine miss. Structure en nombre. Êtres des lunes, en phases lunaires, orientées. With frosty eyes. Entraperçus… esquisse.

Fundamentum de ton apparence hydre, cybernétique, mécanique, avancée, préparant la voie, au souffle d'inspiration, de vie. Loin de la vestale, langues tournoyantes, faciales. Futura… Être étrange, serve ravageuse. De la communauté initiale et tu souffles lentement, ouvrant tes lèvres humides, nacrées, entourées de ses bras puissants. Kay glissant irrémédiablement vers le plaisir, aux papillons dans le ventre, appelé, Essaim doré...

Fundamentum de ton système hybride, électronique, évolué, préparant la voie, au souffle d'innovation, de vie. Loin de la vestale, peaux collées frontales. Futura... Entité baroque, serve dangereuse. De la colonie originelle et tu inspires plus rapidement, soulevant tes seins, parfaits, galbés, caressés de ses mains chaudes. Kay fermant tes yeux, au rythme qui t'envahit, rappelée Essaim doré...

Fundamentum de ton cerveau, aux fonctions exécutives, cellules mi-humaines, cylindriques, édifiées, préparant ta voie, au souffle d'évolution, de vie. Loin de la vestale, dans les zones activées, totalement excitées, cérébrales. Futura... Créature étonnante, serve tempétueuse. De la compagnie principale et tu expires en accéléré, tout ton corps en fusion, incandescent, poussé contre son torse large, Kay brûlante et tu jouis une, deux, trois fois... surnommée Essaim doré.

Fundamentum de ton excitation exclusive, à l'évocation insensée, dans les zones imperceptibles, certainement peu évoquées, radicales. Futura... Aventure émouvante, serve amoureuse et tu expires, après l'ennui la vie, hurlant de ta voix, au souffle dans le fond. Loin de la vestale, rouages et bruit fondamental. Futura... Cyborg électrifiée, serve aventureuse. Et tu t'empresses soufflant et gisant Essaim doré...

Contact... en quartier.

Under the black moonlight, sanguine miss. Structure leurs ombres. Êtres des lunes, en face, cachés, illuminés. With frosty eyes. Devinés... esquisse.

Souffle d'air au-delà, par la main de Hateya, cyborg

solaire, en agate de feu. Aux lèvres attrayantes et pulpeuses. D'un rouge vif amarante. Pénétrante d'une nuit chaude presque brûlante.

Souffle d'air au revers, par la main de Kaya, cyborg polaire, en agate bleue. Aux lèvres brillantes et chaleureuses. D'un violet pourpre indigo. Possédante d'une nuit froide ci-haut.

« Quand tu traverseras en quête de nulle part Kay, toutes les grandes plaines sans vie, des cristaux figés, gelés, we'll see. Ne t'inquiète pas… identifie. Affronte sans trembler, au fond… »

« Quand tu l'inonderas de ton regard gris, de tes prunelles écarquillées, brûlées, we'll see. N'angoisse plus… vis. Démontre sans rien lâcher, nous verrons… »

« Quand tu repartiras en reconquête de nulle part Kay, tout le long des immenses plaines sans vie, des métaux reflétés, fêlés, we'll see. Ne chavire pas… inscris. Affronte sans ressasser, à fond… »

« Quand tu jugeras de tes yeux grisés, de son désir vrai, affiché, we'll see. Ne tremble plus… revi. Démontre ta volonté, nous verrons… »

L'horizon s'est ouvert devant tes yeux hazel cendrés, évolués. Regard doté de volonté. Inlandsis gigantesque, pur glacé. Arrivée polaire… sur le mont bleu pastel, poudré. Le vent fort, gelé est comme une douceur. Caresse sur ta peau cybernétique, du creux de tes reins aux courbes de tes fesses. Sous le soleil de la nuitée visible. Plongée dans les eaux refroidies contre lui. Mâle alpha attirant, affolant, aux mouvements érotiques et puissants. Aux lèvres chaudes, écrasantes, étendues. Tracé dessiné du haut vers le bas, signe entre tes seins aux courbes manifestes. Préservant son âme sans lever le voile. Cadence soutenue, excitante, rapide, voulue. Tête en arrière et tu cries. Vénération, offrant sa force, sa générosité. Pour ton seul bonheur et ta beauté incontestée. Agili... ses mains le long de ton corps galbe, bionique et vibravi... de ta bouche à tes seins.

Et là... à la voix, d'humanoïde, modulée, érotique, articulée et s'éblouir, au souffle susurré. Émue au fin fond de l'immensité de la terre, de la luminosité, soumise. T'interpellant Kay, torpeur sur ton visage satiné, entité éphémère, édulcorée. Onde et propagation transire... À la voix, d'androïde, métallisée, bionique, contrôlée et s'enfuir, aux oscillations réitérées. Convenue et nue pour la durabilité de la terre, de la clarté, acquise. T'appelant Kay, merveille sur ta face cachée, être imaginaire, créé. Écho et excitations transire...

Vers la voix, d'anthropoïde, étudiée, magnifique, évoluée et défaillir, à l'air propulsé. Attendue pour le bien de l'humanité, de la terre, de limpidité et de la franchise. Te happant Kay, au sang à la teinte dorée. Abstraction éclair, mobile. Effet d'émotion et au-delà. Éphélides lunaires profusent et c'est le signe, au vent levé s'enroulant. Tes cheveux sur pause, relevés de fil. Peau à la galaxie toute relative de taches de rousseur, tattoo d'éclat en étoile, astre et apesanteur. Sur ta joue lioness, marque indélébile, mobile, tu transgresses... Éphélides solaires diffusent et c'est digne, rêve au sentiment de durée manquant. Tes paupières closes fermées, fragiles. Aux pressions vers la pluie corrélative de taches de son, tattoo d'éclat en pentacle, sceau et prédiction. Sur ta joue

lioness, empreinte ineffaçable, durable, force vengeresse…
Et au trépas…

À travers la voix d'humanoïde, nuancée, tragique,
articulée, et s'enfuir, au souffle transformé. Perdue au
fin fond de l'infinité de la terre, de l'obscurité, conquise.
T'interpellant Kay, terreur sur ta face cachée, être
sanguinaire, inventé. Onde et propagation transire… À
la voix d'androïde, chromé, bionique, surveillée et mourir,
aux vibrations répétées. Entendue et revenue pour
l'éternité de la terre, de la nuitée, acquise. T'appelant Kay,
cruelle sur ta face cachée, être révolutionnaire, imaginé.
Écho et répétitions transire… À la voix d'anthropoïde,
observée, métallique, avancée et mourir, à l'air envoyé.
Attendue pour le pire de l'humanité, de la terre, de
l'opacité et de la traîtrise. Te happant Kay, au sang
mordoré. Invention éclair, figée. Effet de sensation et
au-delà.

Pupa,… tu te réjouis, être à l'apparence sensuelle, plan
élargi et agile déliée, dans ses bras au ralenti de…
va-et-vient. Érotisation et enivrance sans détour. Maintenant
un plan serré dark courbée, léchant tes contours.
Cunnilingus pour stimuler en partance. Comme un
exemple tu superposes, caractère excitant, au style
exaltant, magistral. Mains sur tes fesses et cambrure, au
désir modulable. Éminent de sensations aliennes. Aux
lèvres roses, tu en es la citadelle… ton ventre. Faste antre,
aux interfaces activées pour jouer, de parties ouvertes,
décroisées, voulues. Plans séquences, corps érotiques,
plastiques, au décor en verre. Jambes en lumière, étendues,
reconnues. Galbe dessiné au sort inavoué. Parcourue en
irréalité de baisers d'ombres enlacées. Les faits contre

le mur ne sont pas au même niveau, de cime, de hauts sommets.

Prodige en une mosaïque,au sol des scènes érotiques, aux postures et gestes exécutés qui provoquent. Parée cyborg avec ta nudité. Structure endiablée et poupée, parcourue de senteur fruitée. Cambrée désignant chaque position et prise de vues unique. Flux venant d'éther, à la gorge s'offrant, à la fausse candeur. Stimulation et décadence sans retour. Plan resserré dark stimulée, décollant au long cours. Processus pour s'évader en transe. Comme un exemple tu t'exposes, caractère émoustillant, au style émouvant, plein de fraîcheur. Vibrante contre le sol, aux néons bleu glacé pour crier. Mi-machine excitée, allégorie en ton émotion, dans mes pensées ou sous ton reflet pulsé.

Pupa... tu suis, être dans l'espace, tridimensionnelle, plan élargi et adroite aisée, dans ses bras au ralenti de... je te retiens. Rotation visuelle sans retour. Te voilà en plan serré dark enveloppée, pressant tes contours. Cunnilingus pour motiver en exigence. Comme un exemple tu t'exposes, caractère pressant, au style avenant, instable. Mains sur tes jambes à quelques encablures, au délire fatal. À la fréquence d'images définies ou infinies... Éminent de sensations terriennes marquant ton empreinte. Aux lèvres nacrées, ose en ta citadelle... ton centre. Faste antre, aux liaisons au sens figuré, aux multifonctions réinitialisées, de parties perverties, vues, au sous-entendu. Plans séquences, corps peu statiques, au décor en perles. Structure spaciale, tri dimensionné, portée. Sur un plan vertical, en portiques ou arcs s'emmêlent. Papillonnante en plein vol, aux passages de sujets, sans s'impliquer. Mi-machine composée, allégorie en ta fabrication, dans mes idées ou dans la grande coulée.

Pupa... tu jouis, être à l'écart manuel, plan élargi et fine déliée, dans ses bras au ralenti de... va-et-reviens. Pulsion sans hasard en plein jour. Action sur un plan serré dark écartée, suçant tes contours. Cunnilingus pour s'abreuver sur le départ... patience. Comme un exemple tu surexposes, caractère émoustillant, au style éclatant, modelable. Mains sur tes seins et morsures, au plaisir abyssal. Éminent de sensations que tu fais tiennes. Aux lèvres brillantes se pose en citadelle... ton centre. Faste antre, aux liaisons sans limites, désirées, de parties découvertes, souhaitées, obtenues. Plans séquences, corps exotiques, au décor en cristal. Jambes sculpturales, connues, convenues. Galbe redessiné au port altier. Les faits impurs se répètent dans ton dos, d'un haut degré.

Prodige en une mosaïque, au sol des scènes pornographiques, aux postures et gestes étudiés sans équivoque. Dénudée cyborg sans culpabilité. Armure exposée et poupée, parcourue de lenteur en décalé. Cambrée exposant chaque courbure et prise de vues physique. Flux venant d'éther, aux gorges s'offrant, à la fausse douceur. Stimulation et décadence sans retour. Plan resserré dark stimulée, décollant au long cours. Processus pour s'échapper en transe. Comme un exemple tu t'imposes, caractère émoustillant, au style émouvant, plein de chaleur. Frémissante près del sol aux rayons jaunes pour se réchauffer. Mi-machine rééxcitée, allégorie en ton évolution, dans mes velléités ou sous la lumière réfractée.

Multi-touch, panneau géant, tactile et moniteur. Reconnaissance du toucher en haute résolution, à l'énoncé envisagé. Au niveau de pression, détection des opérations en un mirage… affichage. Yoru ni, frôlements sur ton corps experientia. Combinaison pressurisée, écran de feu.

« C'est comme quand il pleut, abstract… en ces lieux .» Vaisseau vers le portail, navire enfoui, voyageur. Bâtiment adapté en cube ou cylindrique. Glissant pour l'éternité… Vue de l'espace fragile, du tout du rien. Aéronef vers l'arcade, cargo éconduit, conducteur. Édifice évolué en platine ou métallique. Surfant dans l'immensité. Regard comme un vitrail translucide, coloré depuis ta place subtile, de va-et-vient.

« C'est ennuyeux et plis en résumé, ça s'inscrit. » Multi-touch, écran luminescent, sensible et transmetteur. Reconnaissance de sa portée en haute définition, aux données projetées. Au niveau de précision, détection des opérations en un mirage… pointage too much. Yoru ni, aveuglements sur tes agissements experientia. Armure en acier, écran de pluie.

« C'est comme ta galaxie, bleu gris, abstract… c'est établi. C'est triste et joli en résumé. » Sortie extra-atmosphérique, planète hostile et magnifique. Comète cruelle et royale, se créant puis s'atomisant. L'astre argente ton visage Kay, radieuse éclaire. Dans tes souvenirs du passé et "control", partagés pour longtemps. Fils en acier, déformants, sous la beauté du crépuscule, à court terme. Effleurant sous la glace des ténèbres. Sortie extravéhiculaire vertigineuse, lunaire. Devant tes yeux cinis, réfléchissants. L'étoile aimante ton sourire Kay. Dans ton armure métallisée et "control" plaquée et argent. Câbles brodés de fer, effleurants sous la glace des ténèbres, allongée hors-sol, aux paupières lumineuses éclairent. Le satellite présente ta parure. Alliages et métaux sous l'éclat de l'obscurité, te touchant sans bémol. Dehors dans l'espace, meneuse solitaire. Face à ta vision brillante, incendiaire.

Hors de l'aérosphère, comète dure mais loyale. S'écrivant puis s'effaçant. L'astre argente ta mémoire Kay dans tes souvenirs du passé et "control" partagés pour longtemps. Fis en acier, déformants sous la beauté du crépuscule, à court terme. Sortie extrasensorielle, ambitieuse, vue sur l'enfer. Devant ton futur incertain, lacunaire. L'étoile aimante tes sens Kay. Dans tes récepteurs sensitifs et "control" stimulus déclenchant. Sensations à perceptions sous la grâce des ténèbres, vision hors-sol. Corpuscule, tunnel à travers le temps. Déplacements dans le cosmo, radieuse éclaire. Le satellite présente ton aura colorée et "control", objet doré, irradiant. Véritable nature sous l'éclat de l'obscurité.

En dehors de l'atmosphère, corps céleste, inamical et éclatant. Se formant puis se pulvérisant. L'astre argente tes lèvres mutines en cœur Kay. Dans ton attitude affolée et "out of control" bleu glacier et brillant. Corps entouré de sphères, sous la beauté du crépuscule, belle qui s'affole. Sortie extraterrestre dangereuse et s'enterre. Devant ton regard réfléchissant. L'étoile aimante tes mains Kay. Dans ton allure apeurée et "out of control" soudée et argent. Gants brodés de fer, effleurant sous la grâce des ténèbres, pétrifiée hors-sol. À la vue vers le haut, luisante. Déplacements dans le cosmos, allumeuse éclaire. Le satellite présente ton armure abîmée et "out of control" fracturée et argent. Mauvais présages sous l'éclat de l'obscurité, dérivant et vol. Dehors dans l'espace, aventureuse, guerrière. Face à ton regard hazel aux paupières fermées, éteinte à terre.

Paint a metallic lady. Blonde platine, brune, polaire, roussie, Artificiel Man, plein d'ennui. Dame trophée magnifique, en totale réinvention.

« De grâce !!!… ophélienne. »

Misty rose acrylique en un trait pâlit, suivant tes envies. Chose, en ton désir par terre, pathétique, déposé, assouvi. Sur l'immense rosâtre, jupitérienne.

« C'est comme l'ennui, pastel gris, abstract… C'est triste et joli en résumé. »

Paint a metallic lady. Ronde mutine, fine, polaire, rougie, Artificial Man, éconduit. Dame objet tragique, en fatale réinvention.

« Par la grâce !!!… ophélienne. »

Rose dragée plastique en un tracé pâlit, suivant ton avis. Pose, en ton avenir dans l'air, dramatique, désiré, acquis. Sur l'intense fuchsia, jovienne.

« C'est ennuyeux et fui en résumé, ça s'inscrit. »

Paint a metallic lady. Bombe fascine, longue, polaire, réussie, Artificiel Man, éblouit. Dame colifichet mélancolique, en glaciale réinvention.

« En grâce !!!… ophélienne. »

Rose Razzie synthétique en un filet pâlit, suivant tes péripéties. Ose, en ton empire loin de la Terre, euphorique, excité, accompli. Sur la dense rose, olympienne.

« C'est comme la vie, colorée ou grise, abstract… c'est funeste ou joyeux en résumé. »

Multi-dimensionnelle, Kay cyborg présente et cible ton moniteur. Évidence de ton toucher en haute résolution à l'énoncé envisagé. Au niveau d'action, identification de tes opérations en un mirage… décodage. Yoru ni, étourdissements sur tes plaisirs experientia. Entièrement dénudée, écran qui transperce.

« C'est comme l'averse, pâle gris, abstract… mais écrit. C'est un manifeste et beau pour l'éternité. »

Vaisseau vers le portail, navire sans lui, explorateur. Bâtiment d'une époque passée, arrondi ou elliptique. S'inclinant en immortalité. Vue de l'espace fragile, en son sein. Aéronef vers l'arcade, cargo infini, protecteur. Édifice au temps écoulé en or ou argentique. Remplaçant ta destinée. Regard comme un vitrail translucide, teinté depuis ta place subtile, de va-et-reviens.

Multi-dimensionnelle, kay mi-robot brillant, sensible et transmetteur. Évidence de ta portée en haute définition aux données transportées. Au niveau de précision, identification de tes opérations en un mirage… appontage too real. Yoru ni, éblouissements sur ta beauté experientia. Body à strass argentés, écran qui s'éclaire.

« C'est comme une lumière, LED brillante, abstract… mais rassurante. C'est gigantesque et beau en résumé .»

Flashing flickering… Amor… râle Kay, souffle altéré, intérieur. D'arc courbé de l'espace-temps. Rythme cardiaque accéléré. Montée en chandelle du dériveur dans le silence, sans bruit, inexorablement. Sans pouvoir agir, chutant par terre.

En vortex face à l'ampleur.

Flashing flickering… Amorale Kay, murmure amplifié, évocateur. Dark de l'obscurité un court instant.

Écarquillement de tes yeux grisés. Poussée en chandelle du serviteur dans le silence, sans cri, inévitablement. Sans pouvoir le maintenir, tombant aux enfers.

En vortex face à ta peur.

Ferveur par destination, hors du vaisseau tangerin Kay solitaire, flottant, au cœur amoindrit, corpuscules au loin. Éjectée dans l'espace aciculaire et reflux.

Ardeur par émission, hors du bâtiment orangé Kay en guerre, glissant, au corps amaigri, particules loin. Repoussée par le vent solaire et flux.

Chaleur par radiation, hors de l'aéronef pulsé Kay vue, oscillant, aux organes rétrécis, molécules très loin. Écrasés, ils affluent… elle se rue !

Fabuleuses créatures descendant du ciel, de toutes les légendes, mythes elles naissent. Kay déesse de la guerre accompagnée par la peur… à la nymphe à l'anneau tragique, suivant les notes dans la gamme dorienne, divine. Adressant aux entités féminines un message de méfiance, d'égalité. Celles entièrement biologiques semblent ses ennemies jurées. Courageuses égéries ni épouses ni mères, au souvenir d'antiques guerrières…

Prodigieuses créatures de la pensée, au côté de la voûte céleste, de toutes les aventures et épopées elles paraissent. Kay déesse des batailles vivant avec ferveur… à la nymphe au bracelet magique, entourant des sons dans la gamme dorienne, machine. Adressant aux entités féminines un message de défiance, de liberté. Celles toutes biologiques semblent ses ennemies déclarées. Inspiratrices, égéries, influentes conseillères, à l'avenir de robotiques guerrières…

Voltigeuses créatures d'une autre et lointaine galaxie,

de toutes les histoires, fables elles comparaissent. Kay déesse des combats au regard de terreur... à la nymphe aux bagues ésotériques, enveloppant d'écho dans la gamme dorienne, fine. Adressant aux entités féminines un message d'appartenance, d'amitié. Celles complètement biologiques semblent ses ennemies toutes désignées. Ardentes égéries, pilotes interplanétaires, du futur, comme d'authentiques cyborgs guerrières...

Jouisseuses créatures aux jeux éternels, de tous les rencontres et rendez-vous, elles caressent. Kay déesse des plaisirs vibrant avec ardeur... à la nymphe au collier maléfique, imitant les cris dans la gamme dorienne, coquine. Adressant aux entités féminines un message d'inconvenance, de curiosité. Celles vraiment biologiques semblent ses ennemies confirmées. Amusantes égéries, maîtresses servantes, aux corps d'érotiques guerrières...

Aenigma en une étrange apparition, armure sculptée, longue, glissante et taille fine se fondent. Poitrine bombée, sans âge comme irréelle, enfantine. Luttant contre la torpeur, chaque instant, structure du temps. Esprit d'enfant, au regard curieux hazel vert pur nature... abyssine. Vers les rayons du soleil couchant d'orange sanguine.

Sexpuppe...

Ta langue nacrée, tactile, arabesque stimulante d'amante, s'appliquant, suivant les soupirs. Volupté plaisirs des sens... érotica. Tes ongles vernis, ronds, tigresse, griffant, scandant les contours. Le long de son corps... maîtresse. Aenigma en une singulière réflexion, structure analysée, filiforme, passant et jambes longues de l'autre monde. Seins extravagants, sans âge comme éternels, câline.

Jouant contre les heures, chaque moment, courbure du temps. Esprit de chat, aux yeux hazel de verts purs azur... abyssine. Vers les sentes éteintes green.

Sex doll...

Ta langue irisée, mobile, caresse excitante de bacchante, œuvrant, qui vient s'offrir. Volupté plaisirs intenses... érotica. Tes ongles peints, longs, diablesse, éraflant, rythmant l'amour. Tout autour de ses formes... s'adresse. Crash monumental en mission, seule exilée, exclue isolée... jet figer, sur cette planète hostile au-delà des frontières connues. Perte et contrôle de ton vaisseau dans un bruit assourdissant. Attendant ta destruction avec calme et sérénité. Tu crains que tes fonctions, exécutives, vitales, soient suspendues.

« Car comment m'y extraire ? »

Ta nouvelle étape cyborg est celle de l'adaptation...

« Destruction en moi, émissaire d'Auster, lueurs de peur dans mon regard des enfers. »

D'une innovation, montage... image modifiée, explosion éventuelle ?

Descente amortie trop tôt, d'erreur d'allumage au conditionnel ?

Manipulation et opérations des surfaces, des alliages et commandes sans âge... cellule par impact, exitium in te...

Crash fatal en fonction, solitaire désorientée, perdue renvoyée... jet trooper, sur cette étoile nuisible par-delà les confins situés, éprouvés. Déflagration, écrasée suite à l'explosion. Croupissant sur le sol ocre et brûlé. Tu crains que tes supports effectifs, centraux soient tuent.

« Car comment me translater ? »

Ta principale action cyborg est celle de l'action...

« Dévastation en moi, victime des temps tourmentés, des vents violents, des reflets venant de cette terre, des éclairs, des lumières.

D'origine primaire, volontaire ou accidentelle... du système de propulsion artificiel ?

Erreur de virage, de trajectoire... du système de navigation casuel ?

Utilisation des instruments du poste de pilotage, tel un mirage... cellule par impact, exitium in te...

Chaque mutant en appelle à Hina de Irés, du Helgeilet évocation. Garder la vie et obtenir sa protection. La toute puissante forgeuse de rêves, par les dieux bannis... fascine. Beauté intrigante, représentée en pierre sacrée, mélodieuse. Faisant miroiter et renvoyer les énergies à leur source après les avoir transmutées. Mauve et jaune, exceptionnelle en force protectrice, excellent bouclier énergétique.

« Pourquoi la vénérer ? »

« Craignent-ils Kassina la brûlante ? »

Planète qui se déplace sur son orbite, à l'éclat vif au couchant ou à l'aube. À la teinte cassis, à l'atmosphère mortelle et à la densité élevée.

« Seront-ils épargnés ou détruits ?... »

Prières d'intercession, eux agenouillés, tremblant, plaqués au sol vermeil, les yeux rivés vers le Helgeil et supplications. Pathétiques, hypocrites, point d'éloge étouffé, sans sons, retenu, apeuré. En une silencieuse oraison, de leur volonté, pleine d'énergie. Mais une action d'intention, venant du ciel, voulu, vers l'horizon...

« Dans une posture de prévenances caressantes, simples

primitives, régulières, égales, sincères et loyales ? »

« Non… un cri du ventre, ardent, impérieux… qu'elle soit là… dans l'instant, intervenant !!! »

Domina… la guerre fait rage, sol rougit. L'affrontement est sanglant. Tous se livrent un combat acharné, désespéré, féroce et cris. Se défiant, s'élançant à l'assaut en une charge pleine de courage, de bravoure. Se heurtant, coups sourds, sautant, surgissant avec une violence inouïe, larmes de pluies. Leur engagement est total. Ils reviennent à la charge, se ruent, tuent sous un soleil pâle, discret, ténu sans vie. Chargeant, se saisissant, hurlant, odeur du sang, se blessant, se renversant vers l'assaut frontal, glaçant.

Cyborg guerrière brillante, mesquine s'affirme de ruines. Sous les soleils, illuminés, blancs de vrais coloris. Venant d'un autre monde… bistre s'indignent de sinistres actions. Épée à la main, lourde, ensanglantée. En un assemblage de pièces par unité informatique, centrale se mime. Tâches primitives, éprouvantes kay s'enivre en de manuelles fonctions.

Destrier puissant, rapide, endurant monté par ta maîtresse. Flamboyant au port altier, Mato à la crinière blonde, longue, petite tête raffinée. Docile le long d'une rivière où elle t'a vu naître. Imposant, à la grande taille, d'allure singulière, proche de l'amble, maniable. Démarche par bipédie latérale, quatre battues. Chacun de tes pieds frappant à un temps différent la terre sacrée, nue. Des glorieuses de combats, des voyageuses errantes.

Habile, rapide, kay précise aussi dans la cavalerie archère. Dans un pur moment de gloire éphémère.

Cosmic…

Domina… blessures graves qui occasionnent de mortelles hémorragies. Veines, artères sectionnées, râle de soldats mourants, à l'agonie. Aux nerfs et tendons coupés par les pointes de flèches aiguisées. Sous une pluie battante, esthète, beaux formels et plient.. Neutralisation, augmentation de la surface protégée. Au plan d'eau figé, beau éternel, sombre et calme, reflet comme Narcisse. Tes pouvoirs surpassent tout, de la vue de Percy… Âme cachée Fatalia. Ennemis… puis battants en retraite, ils se replient, fuient. Devant toi, Kay cyborg, au regard froid, gris. D'armure séchée de cruor ennemi, aux capteurs vibrants.

Cyborg sanguinaire géante, mesquine s'achemine de ruines. Sous les ciels, étoilés englobant de nuit. Appartenant à une autre galaxie… ocre s'indignent de tristes réalisations. Arc et flèches sur le dos, archère avérée. En une architecture d'un dispositif mécatronique, vitale se mime. Tâches répétitives, édifiante Kay se grise en éternelle évolution. Coursier élégant, dynamique, fougueux dressé par ta maîtresse. Courageux et généreux dans l'effort, Mato à la robe d'ébène rare, d'une épaule oblique, au garrot léger, élevé. Tranquille le long d'une rivière où elle t'a vu naître. Imposant, à la grande taille d'allure particulière, proche de l'amble, confortable. Yeux grands ouverts, aux ganaches prononcées, reconnues. Des ambitieuses de combats, des voyageuses volantes.

Subtile, active, Kay précise aussi cavalière. Dans un sur instant de victoire éphémère.

Cosmic…

Pulsion du vivant, des constellations ou des mondes intelligents. Kay cassée, allégée. Membres amovibles, changés, loin des champs de bataille et cibles, en résidus révoqués. Dicible…

Propulsion vers le néant, des émotions ou des mondes émouvants. Cyborg brûlée, négligée. Membres movibles, étudiés, loin des champs de clémence, sensibles, en blocs concassés. Indicible…

Animation du respirant, des évolutions en des mondes surprenants. Kay démembrée, vidée. Membres extractibles, améliorés, loin de terrains meurtriers et mobiles, en cendres destitués. Dicible…

Circulation dans le vent, des sensations en des mondes étonnants. Cyborg carbonisée, laissée. Membres mobiles, scrutés, loin de terrains tranquillisés, paisibles, en un caveau scellé. Indicible…

Dernier passage pour Angeline, Amandine, androïdes, venant des origines, sur cette vaste planète laquée carmin. Un autre signal sonore marque la fin… de l'alerte et chacun peut reprendre le cours de son existence. Et encore… goûtez, fermez les yeux, rousses tannées, auburn, Kay « Bis repetita »…

Diaphanes en d'étranges apparitions, capturées, créées, armures sculptées, longues. Glissantes et tailles fines se fondent. Automates éthérés, gracieux, sertis, virginal d'ivoire. Tenues délicates, sophistiquées, dragées. Non toxiques à la forte intensité. Cannelle aux lèvres argentées, ouvertes, désireuses, confuses, choisies. Masca les dépossédant hors du temps, brodés. Blancheur en guipure sur leurs fronts par l'éclair, chaînes bijoux. Aux désirs s'articulent vanillé sirop, friandise acidulée en leurs bouches pralines.

Aurora par-derrière fermetures éclair.

Poitrines bombées, sans âge, comme irréelles, enfantines.
En conquête de l'air orienté, poussé par le vent, dans la
haute atmosphère. Zone sphérique, inviolable, en rayon
bleu, lieu vivant, leur centre, leur prison. Luttant contre
la torpeur, chaque instant, structure du temps. Assorties
avec l'esprit des mers bleutées, bulle palie, transparente,
métamorphosée. Force de paix, de simplicité. Légèreté
et candeur, gommes à lécher… alba. Arcanne de pleine
énigme, relate leur dilemme, dans cette sphère austère.
Particules légères, accumulées, translatez-la.

Esprit de Cassandre, au regard bleu clair, tendre,
translucide, pur nature… abyssine vers l'enceinte misty
atteinte green.

Transparentes en une singulière réflexion, emprisonnée,
réalisée, structures analysées, filiformes. Passant et
jambes longues de l'autre monde. Automates éthérés,
savoureux, sertis, pâle d'ivoire. Tenues fines, raffinées,
dragées. Non organiques à haute densité. Miel de leurs
lèvres métallisées, entrouvertes, savoureuses, s'amusent
d'envies. Masca les dissimulant hors du temps, dentelés.
Pâleur en guipure sur leurs fronts par l'éclair, chaînes
bijoux. Aux plaisirs s'articulent pralinés sirop, douceur
sucrée en couches amandine.

Barrière madrugada par-derrière à glissières.

Seins extravagants, sans âge, comme éternels, câlins. En
reconquête par terre, couchées au levant, dans la basse
atmosphère. Pièce solide, imprenable en révolution, lieu
pulsant, leur antre, ma fiction !!! Jouant contre les heures,
chaque moment, courbure du temps. Assorties avec
l'esprit du ciel bleu, dans l'immensité, bulle palie,
extravagante, transformée. Force de paix, de luminosité.

Gaieté et fraîcheur, gommes à claquer… alba. Arcanne de complète ambiguïté, expose leur dilemme, sur cette sphère mystère. Formule d'air accumulé, transportez-la. Esprit de chat cendre, aux yeux bleus s'éclairent, tendres, splendides, pur d'azur… abyssine vers les sentes hazy éteintes green.

Buée sur leur vitre en suspension dans l'air. Gouttelettes fines d'eau limitant leur visibilité. Évanescente Angeline… bouches entrouvertes, charnelles. Clairvoyantes et réverbération d'efforts graduels. Déposition de rosée tangerine. Bruine sur leur glace en suspension dans le vent. Gouttes d'eau coquines réduisant leur luminosité. L'émouvante mutine… lèvres ouvertes, belles contre Justine. Confiante et réverbération d'essais graduels. Apposition d'humidité. Brume sur leur vaisseau en suspension dans le ciel. Perles intimes limitant leur destinée. L'insaisissable sanguine… langues caressantes, sensuelles, câlines. Clairaudiennes et réverbération d'attentions graduelles. Juxtaposition de vapeur rattachée.

Clarté sur leur vitre en suspension dans l'atmosphère. Rayons crépusculaires de lumière limitant leur visibilité. Brillante Amandine… jambes entrouvertes, charnelles. Clairvoyantes et répercussion d'efforts graduels. Déposition d'arc-en-ciel bleu marine. Éclats sur leur glace en suspension dans l'ionosphère.

Lueurs éphémères diffusant dès l'aube.

La captivante mutine… cuisses ouvertes, belles. Confiante et répercussion d'essais graduels. Apposition du prisme coloré, tangerine. Éclairages sur leur aéronef en suspension dans la mésosphère. Rais solaires et traits les mettant en lumière. Les inaccessibles divines…

langues tournoyantes, sensuelles, machines. Clairaudiennes et répercussion d'attentions graduelles.
Juxtaposition envisagée.
Buée sur leur vitre en suspension dans l'air. Gouttelettes
fines d'eau limitant leur visibilité. Différente Angeline…
bouches entrouvertes, charnelles. Prophétesses, fines,
aux pouvoirs divinatoires. Relevant du mystère,
impénétrable. Androïdes platines, guidées et réverbération d'efforts graduels. Déposition de rosée, tangerine.
Bruine sur leur glace en suspension dans le vent. Gouttes
d'eau coquines réduisant leur luminosité. L'émouvante
mutine… lèvres pulpeuses, belles contre Alexine.
Clairvoyantes, prophétie orale, à la dimension surnaturelle.
Relevant du surnaturel, insondable. Robots plus
anonymes, inspirées et réverbération d'essais graduels.
Apposition d'humidité. Brume sur leur appareil spatial
en suspension dans le ciel. Perles intimes limitant leur
futur. Grandes prêtresses, fines, pouvant prédire l'avenir.
Les insaisissables clandestines… langues stimulantes,
érogènes, câlines. Devineresses et réverbération
d'attentions graduelles.
Juxtaposition de vapeur rapportée.
Clarté sur leur vitre en suspension dans l'atmosphère.
Rayons crépusculaires de lumière limitant leur visibilité.
Étonnante Amandine… jambes offertes, charnelles.
Prophétesses et répercussion d'efforts graduels. Déposition
d'arc-en-ciel bleu marine. Éclats sur leur glace en
suspension dans l'ionosphère. Lueurs éphémères diffusant
dès le matin. L'intrigante mutine… cuisses découvertes,
belles. Confiante et répercussion d'essais graduels.
Apposition sur leur appareil sidéral en suspension dans

la mésosphère. Rais solaires et traits les mettant en lumière. Les inaccessibles des origines... langues entêtantes, sensuelles, machines. Clairaudiennes et répercussion d'attentions graduelles. Juxtaposition éclairée.

Carillon délicat, sonorités et sentiments, de lenteur dans le vent. Aura de Maïa, d'envolées en dessous, inachu, vers Gaïa.

Dans l'air cliquetis d'écrits haïku.

Carillon en bois, musicalités et tintements, de fraîcheur un court instant. Aura de Maïa, d'envolées en dessous, inachu près de Gaïa.

Dans l'atmosphère cliquetis d'écrits haïku.

Multi-élément, réseaux phasés vers l'orientation désirée sur ton moniteur. Prudence dans ton toucher Kay en haute définition, des composés envisagés. Au niveau de tes ambitions, ondes de rayonnement et application en un virage... ajustage.

Vaisseau vers le portail, navire détruit, dans le broyeur. Bâtiment incendié en cendre, fantomatique. Gisant en irréalité. Regard loin de ta place, inutile de va sans lendemain.

Multi-élément, système phasé à travers la direction souhaitée dans ton moniteur. Prudence pour assembler Kay en haute résolution, décarbonés proposés. Au niveau des combinaisons, ondes multiples et innovation en un virage... assemblage.

Produit d'un comportement habile, réaction géniale, tu n'es plus capable Inhumane Kay de modéliser des idées, concepts abstraits, d'éprouver une impression, une sensation, tu analyses... loin d'une réelle conscience, aux vrais sentiments en une compréhension monumentale, de tes propres raisonnements. Dorénavant tu recherches des méthodes de résolutions de problèmes, à forte complexité logique ou algorithmique classable, être non primitif. Tes capacités et ta compréhension désignent les dispositifs imitant ou remplaçant tes créateurs, dans certaines mises en œuvre de tes fonctions cognitives. Ils ont fait appel à la neurobiologie computationnelle abyssale, aux réseaux neuronaux, à la logique informatique, mathématique fondamentale, à la mémoire vive. Ensemble des théories et techniques mises en œuvre, en vue de te concevoir, percevoir. Cyborg, isolée martiale… tu t'es tu. Sur cette brillante nova, c'est d'une indicible solitude… meurtrissures Artificial intelligence.

Night shade, ciel étoilé et constellations, plan galactique. Kay aux yeux voilés, à la teinte de cendre, parcours, cours. Traverse sous averses les vallées, les déserts sans retour. Computer réinitialisé, trempé, presque robot un instant… pantin sans chaleur, machine des origines progresse loin de ta sphère céleste zodiacale, de bronze platine boréale. Automate capteur, linéaire en séquences, consumé et signe… maintenant plisse ton regard de pluie et survis, Kay aux yeux nuancés cinis en attention, arrière-ligne.

Actuellement tu es capable de simuler l'intelligence, pénétration primordiale, neuronale, Inhumane Kay, concepts et technologies, plus qu'à un domaine autosuffisant formé. Seule, exilée, fragile… sur un astre hostile, spatial dont sa croûte est composée de roches semblables à ta planète mère, la Terre. Constitué de quartz, sous forme de grands cristaux, à la teinte violette en dignité. Pierre de soin favorisant la croissance et la régénération de tes cellules. Tu n'es plus une entité dotée d'une forme d'identité. Tu n'as plus de conscience, tueuse tu as oublié que tu pleurais depuis ton élaboration. Ce monde interstellaire, astral d'où tout ton être était soumis, tu ne peux plus t'y rapporter, t'y rattacher. Cyborg, isolée, martiale… tu n'es plus. Sur ce corps céleste, c'est d'une indéfinissable inquiétude… meurtrissures Artificial intelligence.

Mais retour vers la nuit des temps…

Elle se voyait en une apaisante Taoueille. Chamane-guérisseuse exhortant les esprits de la forêt. Mettant fin à leurs troubles. Kay loin d'une cyborg, tapant sur son tambour, au son vibrant, en peau de cerf, aux plumes colorées. Prête à dialoguer avec des mondes subtils. Instrument magnifique s'exprimant à part entière. Il était son cheval ailé. À travers lui elle pouvait accéder à un état de transe. Quels plantes et remèdes pouvait-elle leur donner ? La sauge, le millepertuis, la verveine, le lierre terrestre ou des cheveux de la Terre mère.

Mais retour vers la nuit des temps…

Bruja des grandes plaines, vertueuse et belle. Au noble maintien et attitude réservés. Portant une simple robe de cuir, brodée de perles. Dans son sanctuaire, aux coutumes primitives, à la liturgie populaire. Lors de son sommeil, son regard gris, pur comme le Harfang des neiges, teinté d'exotisme, de mystère, s'élevait vers la voûte céleste étoilée. Kay loin d'une cyborg, ouvrant ainsi la porte accédant à l'autre monde. Voyage et prières vers le grand esprit. Créateur de tout ce qui est sur la

Terre mère.

Mais retour vers la nuit des temps…

Invocation, déification, vénération, total abandon. Mélopée originale à la langue tonale. Kay loin d'une cyborg, au désir de protection du dieu vivant sous terre et celui sage au-dessus des ciels. Ou d'une divinité guerrière, aux peintures de bonheur et de beauté. De la couleur du sang, visage coloré. Se protégeant des éléments, aux pigments naturels. Du temps changeant, du vent, du soleil. Au son de la flûte du rêveur d'eau. Mélodie d'une note haute descendant en cascade vers une tierce. À la consonance légère et douce comme le chant de la Terre mère.

Night time, voie lactée en formation, plan érotique. Kay aux cheveux ambrés, à la couleur du centre de la Terre vers Lucifer. Affronte sans honte les difficultés, les enfers. Computer reprogrammé, décidé presque femme mais pas vraiment… humain à tes heures, programme des origines prend en compte dans l'air austral, de bronze platine boréale. Automate actionneur, expert en résistance, dévoré et signe… pour le moment secoue ta chevelure de feu et fais un vœu, Kay aux cheveux allongés lisses en suspension, hors-ligne.

Sanctum… Tu vis, être à l'apparence artificielle, dans ta belle forteresse. Processus et progrès en avance. Comme un exemple précoce, caractère surprenant, au style édifiant, en cristal. Éminent de compressions aliennes. Au vent rouge, il en est la citadelle… ton centre. Vaste antre, aux espaces forgés, aérés, de galeries ouvertes, métallisées, soutenues. Aux porches domotiques, portiques de spectres et portes cochères étendues, reconnues.

Parcourues de lueurs colorées, ombres ou orbes blanchâtres comme des flocons de neige s'élevant. L'entrée est flanquée d'androïdes, chromés, éclatants, gardiens "EEX", désignant chaque blason et arme de cyborg. Héraldiques de motifs extra-terrestres, orbitaux. Flux venant d'éther, aux ouvertures monumentales en lancette, arc brisé, ornent les tours, soutiens de l'édification en pignons de façade, membranes peu friables. De courantes et larges baies vitrées, éclairées. Amortis de pinacles, leurs galbes de fenêtres crénelées, au bord mortel, découpé. Les faîtes de la toiture ne sont pas au même niveau, de cimes, de hauts sommets.

Prodige en une mosaïque, au sol des scènes astronomiques, aux armures et casques dorés, remarquables, galvanisés, monumentaux. Près d'un autel, conjurant le mauvais sort. Parée cyborg avec raccordements, structure élevée et cuivrée. Vaste demeure, loin de cendres et de pleurs ! Aureola..

Dimension surnaturelle... kay chanceuse et aventureuse baignée de lumière bleutée d'étincelles.

Sanctum... Maison d'armoiries d'entités censées, aux tours de verre fortifiées, isolées, cloîtrées de guérites, cantonnées de poivrières, ionosphère. Les cheneaux soudées, comme ton armure découpée puis assemblée, crénelée, acérée en cristal. Comme des remparts, rayon laser, pièces tranchantes, meurtrières. Interrompus par faîtage, pignons en quartz de façade, d'autres alliages, des lucarnes, aux néons d'une couleur orange, pulsée. Traversés d'éclairs brefs, fantômes ou silhouettes transparentes comme des spectres. Jardin de terre latéritique, passant du rouge-brun au rouge carmin, il est en clos de mur, très protégé, faisceau lumineux. Fluide venant d'éther, de carcasses d'androïdes "EAX", incendiées.

Prodige en une mosaïque, sur le sol des représentations galactiques, dessinées, planètes illuminées, observées, monumentales. Contre un autel, évoquant tes dieux et les morts. Représentée cyborg respectueusement, structure relevée et métallisée. Grande propriété, loin de tes ennemis ! Auréola…

Dimension surréaliste… kay allumeuse et hardeuse en une clarté dans l'atmosphère azurée d'étincelles.

Carillon froid, réceptivité et sifflements, de senteur dans le néant. Aura de Deva, d'envolées au-dessous, inachu sur Gaïa.

Dans l'air cliquetis d'écrits haïku.

Carillon en soie, sensibilité et tintements, de candeur un court moment. Aura de Deva, d'envolées au-dessous inachu à travers Gaïa.

Dans l'ionosphère cliquetis d'écrits haïku.

Astre de vie, orange au levant. Éclipse spaciale… colonne de cendres posées partant dans l'air vers la clarté. En simple martyre frôlant la lumière, dans les premières heures, se sentant désirée. Envie et joues rougies.

Peine de fuir.

Astre de nuit, rouge sang. Éclipse totale… soutien de cendres exposées s'élevant dans l'atmosphère vers son sommet. En simple martyre foulant tes terres dans un moment d'apesanteur, se sentant protégée. Esprits et astres brunis.

Peine d'en rire.

Astre de pluie, gris par instant. Éclipse finale… support

de cendres entreposées s'envolant de la terre vers l'éternité. En simple martyre fixant la mer dans un moment de bonheur, se sentant fascinée. Orange qui luit et bleu de l'infini.

Peine de soupir.

Machine en technétium, raccordé, électro-psychique par diffusion systématique en ton évolution. Celesta donna nuda, humaine augmentée à l'âme effleurée d'envie. Au cran d'oser, vernissée et luis up-down. Ivresse émotion-nellement dégustée, anatomie vibrante des sens, sur le côté en déférence. Mi-humaine se tient charismatique, avancée qui veut succomber sous son apparence platine... à dessein. Au rythme évolutif en variation provenant de lui. Rutilante étoile alpha, au courage effectif véhiculé du haut vers le bas. Kay en marquise, solitaire éclairée, de son côté restaurée reconnectée pour démarrer... aléa.

Machine en titane, branchée, électroénergique, par expansion métaphorique en ta création. Celesta donna nuda, humaine augmentée à la peau caressée d'envie. En énergie maîtrisée, satinée et suis up-down. Jouissance entièrement goûtée, corps tremblant des sens, cambré en mouvance. Cyborg argentine, technique, élaboré qui veut décoller sous son apparence de machine... en vain. Au rythme progressif de la déraison venant de lui. Brillante étoile alpha, au cran successif transmis du haut vers le bas Kay en marquise pure cristallisée, de son côté alimenté, rebranchée pour réessayer... aléa.

Machine en tantale, câblée, électrotechnique, par extension sémantique dans tes fondations. Celesta donna nuda, humaine augmentée à l'enveloppe léchée d'envie. En puissance délivrée, huilée et jouis up-down. Extase pleinement savourée, organe excitant des sens, penché en partance. Mi-robot opalin, chimique, recomposé qui peut s'abandonner sous son apparence on le devine... en main.

Au rythme plus vif de l'excitation parvenant de lui. Fascinante étoile alpha, au niveau alternatif transféré du haut vers le bas. Kay en marquise diamantée, de son côté remontée, réinitialisée pour recommencer... aléa.

Aléaris... prototype polaris, chanceux, éphémère, imprudent, viridis à l'envie. Miss kiss... Auburn au ton presque brun nuancé, exposé. Obsession... et tu esquisses ta langue sur l'inlandsis. Ambition fatale, incomprise d'une bouche grande entrouverte, loyale, glossy rose attractif, érotica balancée.

D'un stop... ralentisse.

Solaris... prototype polaris, lumineuse d'hier, brûlante, viridis dans la lumière. Miss kiss... Auburn aux reflets nobles, roux foncé, arboré. Oxydation... et tu bruisses autour de ta langue sur l'inlandsis. Déclinaison variable, enserre d'une bouche grande ouverte, maximale, mate rose actif, érotica rythmée.

D'un stop... ralentisse.

Lunaris... prototype polaris, ensorceleuse rougie, vibrante, viridis dans la nuit. Miss kiss... Auburn aux nuances chaudes, orangées, affichées. Ostentation... et tu te hisses grâce à ta langue sur l'inlandsis. Flexion durable, inassouvie d'une bouche grande offerte, abyssale, soft rose additif, érotica cadencée.

D'un stop... ralentisse.

Boréalis... prototype polaris, magnétiseuse s'éclaire, indécente, viridis dans les airs. Miss kiss... Auburn au pigment cuivré, neutralisé. Décoloration… et tu les lisses avec ta langue sur l'inlandsis. Inclinaison centrale, resserre d'une bouche grande, certes monumentale, sans transfert rose alternatif, érotica saccadée.

D'un stop… ralentisse.

Astralis… prototype polaris, voyageuse volontaire, partante, viridis loin de la Terre. Miss kiss… Auburn à la rousseur du soleil au coucher, déclinée. Pigmentation…

Et tu coulisses ta langue sur l'inlandsis. Possession insatiable, vers une bouche grande experte, intégrale, shiny rose explosif, érotica heurtée.

D'un stop… ralentisse.

Lignes en sommeillent, actuelles, à quelle latitude ?

Positions abyssales et s'arrêter, se pliant d'arc-en – ciel. Kay colorée, flashy au regard de la brume boréale, soulignée, dormante en persévérance vers le ciel couché.

Lignes brise-soleil, usuels, à quelle longitude ?

Positions viscérales et récupérer, gisant d'arc-en-ciel. Kay teintée, showy aux yeux des eaux effacées, surlignées, rêvante en ascendance comme irréelle en sécurité.

Vers l'avant, en arrière rythme lent, puis incroyable. Sur le côté en travers. Arquée funny chaude et nue.

Flying out of time…

Devant puis à l'envers rythme cadencé plus favorable. Par en dessous, puis dans l'atmosphère. Positionnée lovely brûlante voulue.

En un vocal de… « oui… » « de plus enfoncée … » loin.

Plongée ascensionnelle jouissante…

Timeless sorcerer…

En dedans puis en arrière rythme endiablé, remarquable.

Sur le dessus t'enserres. Plaquée pretty orgasmante sans réserve, en vue.

In the dark of Infinity.

Chronologie en une, peaux contre peaux tremblantes, chacune. Kay trash.

« Du bist schön… Vénus .»

Éris en synchrone avec sa lune pâle, loin là-bas, bleu de prusse.

Chronologie en eux, jambes contre jambes s'entremêlant, ambitieux. Kay en un flash.

« Du bist geschickt… Vénus .»

Puis Uranus asynchrone, a tes yeux pâles au-delà, bleu de prusse.

Chronologie au pluriel, langues contre langues cajolantes, de miel. Kay ultra trash.

« Du bist exquisit… Vénus .»

Pluton en synchrone avec l'astre sélène par là, bleu de prusse.

Ondulation glissante, serpentine, de ton body cambré, souple. Avançant en ligne flexueuse, de va-et-vient. Érotisation enivrante d'Églantine. Aux yeux des merveilles, étoile brillante…

Agitation tremblante, serpentine, tes seins pointés, s'accouplent. Exaltants en ligne sinueuse, de va toujours plus vrai, plus loin. Excitation près d'odorantes églantines. Au désir s'éveille, étoile filante…

Marchants s'éclairent sur ce parterre craquelé solaris, atypiques, vigiles. Personnages de l'ombre aux regards précieux, puissants, à la terreur éprouvante. Glissants parfaits sans heurt et mix… aux iris noirs d'onyx. Leurs yeux à la luminance extraordinaire sont formés de diamants noirs. Chute frontale d'une étoile qui pleure, en fin de vie. Opérant de manière occulte, cachée, secrète, Kay tu gouvernes sur les univers des fondements sans concession. Le charivari fracassant des engins d'extirpation, concasseurs et compresseurs est insoutenable mais ne semble pas te brusquer, être énigmatique. Tes compagnons au dur labeur, doivent éroder intensément pour extraire à l'unisson, les gemmes à la dureté extrême, irradiantes. S'avançant sans lumière sur un sol fissuré solaris, désertique, stérile. Visages à l'ombre aux regards mystérieux, intenses, à la lueur phosphorescente.

Passants comme des silhouettes sans épaisseur et remix... aux paupières obscures d'onyx. Aux yeux à la brillance particulière, constitués de diamants du soir. Chute fatale d'une étoile qui à peur, en fin d'existence. Agissant de façon occulte, dissimulée, secrète, kay tu règnes sur les terres des gisements sans compromission. Le bruit assourdissant des machines d'extraction, broyeurs et aplatisseurs est insupportable mais ne semble pas t'embêter, être atypique. Sans rébellion, au dur labeur, creusant profondément pour extraire les filons des pierres à la dureté extrême, contenants. Volants vers la Terre dans ce ciel bleuté astralis, tragiques, subtils. Personnages des songes aux regards lumineux, inquiétants, à la terreur accablante.

Manœuvrants parfaits sans heurt et mix... aux disques noirs d'onyx. Leurs yeux à la luminescence extraordinaire sont formés de diamants noirs. Chute faciale d'une étoile qui se meurt, en partance. Opérant de manière occulte, planquée, discrète Kay tu gouvernes sur la flotte sans hésitation. Le silence fracassant des engins en formation, aéronefs et base mère est insoutenable mais ne semble pas te tourmenter, être inexplicable. Tes compagnons pilotes serviteurs en stationnaire délicatement au-dessus de la mer pour l'extraire à l'unisson, à la clarté extrême, d'eau vivifiante.

Se dirigeant vers la gigantesque bleue, au plafond azuré astralis, dramatique, fragile. Images à l'ombre aux regards précieux, intenses, à la couleur inquiétante. S'échappant comme des silhouettes sans épaisseur et remix… aux cercles sombres d'onyx. Leur regard, à la noirceur particulière, est constitué de diamants d'espoir. Chute magistrale d'une étoile sans battement de cœur. Agissant de façon occulte, cachée, discrète, kay tu règnes sur les régiments voyageurs sans émotion. Le silence assourdissant des vaisseaux, bataillons transporteurs, est insupportable mais ne semble pas te tracasser, être anormal. Sans effusion, pilotes de pleine bravoure exécutant docilement pour parfaire leur mission, à la ténacité extrême, parfaitement.

Tombe, passagère mystère gelée, dans ce triangle sans monde, aux côtés invisibles. À la vitesse vertigineuse, élevée. Inonde d'indétectables sondes sans cibles… d'hiver.

Plonge, aventurière cyber glacée, en ce vaisseau sans fronde, élaboré incline. À la délicatesse ambitieuse, étudiée. Inonde d'amicales ondes sensibles… d'hiver.

Ton corps lactescent, câbles brodés de fer, plaqué et argent se transforme. De la reine des androïdes consacrant la grâce et la volupté. Toi archangélique, l'émouvante et de Hoshi. Cyber des dieux et des galaxies.

Lueur brillante et rosée dans tes yeux Aurora. Au coloris

blanc pur, rose azurant. Princesse alienne divine, absolue. Contrastant à merveille, au langage singulier, inconnu. Dans l'espace, lumière rose, Aurora de la sensualité. Aux grands engrenages albes de leurs rouages immaculés.

Ton corps pâle, fils en acier, plaqué et argent s'affiche. Cyborg de légende, déesse de l'harmonie, aux messages cachés. Toi séraphique, la touchante et de Hoshi. Cyber de tout l'Olympe et des mondes réunis. Clameur éblouissante et rosée dans tes yeux Aurora. Aux teintes blanchâtres, rose alpestre. Comtesse martienne céleste. Contrastant à merveille, au destin méconnu. Arrivée dès l'aube, lumière alba, Aurora de la sensualité. Aux immenses réseaux albes de leurs dispositifs assemblés. Ton corps blanc, armure métallisée, fracturée et argent s'affirme. Mi-humaine messagère de l'amour, passionné. Toi angélique, l'attachante et de Hoshi. Cyber du domaine invisible, caché sans bruit. Ardeur éclatante et rosée dans tes yeux Aurora. Aux couleurs à la blancheur de la neige, voilée, pâle. Noble alienne naïve, ailée. Contrastant à merveille, aux iris azurés, obtenus. D'un soleil couchant rouge orangé, lumière d'étoiles, Aurora de l'intensité. Aux barres sur ressort albes de leurs tiges aériennes arquées.

Ton corps clair, parure d'alliages, de métaux, doré et irradiant s'impose. De la reine consacrant l'intelligence et les divinités. Toi archangélique, l'émouvante et de Hoshi. Fille des cieux et de l'infini. Lueur brillante et bleutée dans tes yeux. Structure au coloris blanc, azurante. Princesse martienne, divine, absolue. Contrastant à merveille, d'allure singulière, vêtue. Dans l'air, lumière blanche, Aurora de la féminité. Aux grands bâtons sur déclencheur albes de leurs barres immaculées. Ton corps de neige, alliages en cuivre assemblés et argent. Reine de l'harmonie aux messages cachés. Toi argentique, touchante et de Hoshi. Fille de toute la galaxie et de la vie. Candeur éblouissante et bleutée dans tes yeux. Aux teintes blanchâtres, alpestres. Contesse alienne candide, céleste. Contrastant à merveille au destin différent. Arrivée de l'aube, lumière alba, Aurora de la volonté. Aux immenses plaques soudées albes de leurs vises groupées.

Et tu vibrais Aurora… mutine s'incline, dans les glacières vallées, aux couleurs blanches, bleues pastels poudrées. Culmine vers leurs nobles sommets, reconnus. Exhalaisons à perceptions sur ces éclaireuses de lumières. L'armure bionique, gelée, de tes reins cambrés, t'offrant. Te tendant, t'épuisant, guidant ses mains posées, excitées. Texture de métal, androïde, aux détecteurs de rayons voluptueux, émoustillants. Qui insensiblement lentement, s'accentuent, cambrure en ardeur, accélérant. Ephemeral hybride à la liaison véritable, ressort de cliquet, nebulosus et hisse Aurora généreuse, érotique et renversement, en quête, fatale à honorer. Sublime jouissante, irisée à la hauteur de tes circuits immaculés du new day.

Tu transperces de ta voix vibrante, ininterrompue, ascension vers l'explosion, au milieu de toutes tes envies particulières. Tes seins froids chromés, œuvrant, pointés érotiquement. Se redressant devant tant de tension, dans ton lit, renversée, androïde aux capteurs de lueurs, émoustillés. Qui graduellement, doucement, s'intensifie, s'illuminant. Ephemeral hybride à la connexion physique, axe de balancier, galaxias et hisse. Aurora, allumeuse magnétique et renversement, en reconquête, spéciale à honorer.

Divine, changeante, opalisée. Au plan de zones givrées, claires, glaciales. Miroir d'une muse passionnée, vibrante, désirée, âme sincère et vibravi... allumage avancé, envol élaboré, excitée sans heurt, en implosion. Toi, les jambes s'ouvrent, se soulevant, magnifiques. Au rythme puissant, poussant d'avant en arrière par le désir inévitable, abyssus. Ephemeral hybride à l'ascension primale, arbre de barillet, galaxias et glisse. Impulsion sur le sol de côté, interfaces et relais. Brève ode pornographique, spéciale à glorifier.

En conquête de l'air, orientée par le vent, dans la haute atmosphère. Voyage vers le septième ciel, finesse et délicatesse. Pastels, douces, particules légères. S'articule, âme candy, lisse, sucée. Aurora assortie avec l'infini bleu éternel. Gaieté et fraîcheur, fesses à claquer. Liberté et candeur, festif à honorer. Regard bleu dans l'immensité, transparent, transformé. Formule d'air accumulé, transporté là, loin des soucis, des enfers.

En plongée... dans l'eau ou l'espace, images voulues, fixes, de tes formes nues en écho. Derrière, de face et tu souris... positions cardinales dans le sens de rotation à l'envi.

En apnée...

After, rétroprojecteur artificiel dans l'air, projetant, révolu. En piqué... dans les flots ou l'espace, hommage ému, en place, de tes courbes vues faisant écho. En arrière, de face et tu jouis... positions principales dans le sens de l'exploration avertie.

Diving…

After, artéfact artificiel dans la poussière, s'évanouissant, échu.

Anatomia… en descendant, très lentement et positions en sursis, impliquent des chimiques… esthétiques Kay. Tête fixe glaçon, électrique en bas, chute éphémère, en gravité, vers la Terre.

Assenza di gravita…

Anatomia… en ascendant, progressivement et postures au ralenti, s'impliquent des pratiques… athlétiques Kay. Le corps droit glaçon, magnétique en toi, chute devant tes yeux, en attractivité, vers la grande bleue.

Tombe, passagère mystère, altesse cybère alpestre, sous ce dôme sans fronde, élaboré, digne. Aux courbes vertigineuses, ambitieuses, étudiées. Inonde de formidables ondes sensibles… d'hiver.

Plonge, prisonnière mystère, princesse cyber alba, en ce dôme sans fronde, élaboré incline. À la délicatesse ambitieuse, étudiée. Inonde d'amicales ondes sensibles… d'hiver.

Boréalis, prototype polaris sur Gaïa, radieuse polaire, dansant viridis dans la lumière et suivre les néons. Évolution endiablée, élancée comme une fusée, robe ultra-courte claire, argentée, fringes étoilées. Sweetie tige platine, pleine d'énergie, aux teintes nacrées, arborées. Pulsations et battements accélérés. Halo de lumière, bougeant et frénésie… en tension propulsée et érotica branchée.

« Suis le rythme fou… envoie tout !!! »

Mutante aux jambes interminables, galbées, bombe incendiaire, progresse et accélère… bulle colorée, enjouée, pensée-éclair.

Boréalis, prototype polaris sur Gaïa, généreuse albi, vibrant viridis dans la nuit et faire la jonction. Révolution effrénée, fuselée comme une fusée, cuissardes hautes, branchées, métallisées, mirror à talons. Sweetie liane angeline, dans la frénésie, aux nuances froides, perlées et affichées. Variations et mouvements exécutés. Flash dans l'univers, dansant et reprend vie… par extension échauffée et érotica remixée.

« Suis le tempo, presto… donne le flow !!! »

Explosante aux jambes magistrales, musclées, bombe, tu sidères, progresse et accélère… bulle irisée, amusée, éclats d'éclairs.

Élance-toi ich weiB, caustique Machine.

Roter Roboter, komm Naher… Vénusienne ferrique, gin mekki, au bruit métallique. Tourne sur toi, très lentement, c'est çà. Affole les, en gravité. En un tour et puis s'en va… lyrique.

Translate toi ich weiB, énigmatique Machine.

Roter Roboter, komm Naher… Vénusienne ferrifère, gin mekki, réfléchissant la lumière. Virevolte autour de toi, très progressivement, envoie. Trouble les, en gravité. En un saut et puis voilà… poétique.

Propulse toi ich weiß, tragique Machine.

Roter Roboter, komm Naher… Vénusienne en fer, gin mekki, aux amours éphémères. Ressens-en toi, très lascivement, crois-moi. Effare-les, en gravité. En un instant et puis on n'en reste là… cosmique.

Captation d'un organisme cloné. Multiplication d'un fragment de son code chimique. Dans un club lumière et visions stéréoscopiques du light jockey, Candy pop, envoûtante en représentation, elle le sait sur une piste brillante. Femme terrienne aphrodisiaque, aux formes érotiques singulières. Conservation exacte de son matériel génétique. Amoureuse avérée venant de la Terre implantée, aux yeux pers, songeuse, perdue dans une rêverie, s'effeuillant. Aux mouvements lents, descendants. Cillement de khôl noirci. Imitation sage, disciplinée, diamond waist chain.

Geste puissant dans l'air, fantasmes et réalité. Aux contours admirables pleins de légèreté. Comme un philtre d'amour depuis la nuit des temps, au charme stimulant. Aux élixirs des mythes de notre imaginaire. Désirs violents, doux à fort dans sa bouche… brûlants. Explosion fatale comme une poudrière de passion pour l'éternité. Piquante, romances, rêves de sexe, stimulants, exaltée mais tendre en apesanteur. Ensemble de ses cheveux au creux de ses reins comme un paravent, empreinte lumineuse qui orne. Rêveuse pensive, isolée de toute sensation extérieure, s'excitant. Mystérieuse, indomptable, dotée d'une grande beauté. Tu es fatale… miss aux lèvres carmine lipstick, miroir des précipices à l'effrayante immensité. Coups de reins cadencés, femme terrienne, entièrement nue en talons aiguilles, touchante, chimérique.

Observation d'un organisme copié. Intensification de bribes de sa constitution chimique. Dans un club lumière filtrée noire et projecteurs du light jockey, Candy au top, attrayante sans senseurs, sur une piste électrisante. Femme humaine excitante, au corps savage, animal, incendiaire. Conservation exacte de son matériel génétique. Ensorceleuse fixée sur le sol de la planète cyan, au regard bleu-vert, rêveuse, se découvrant. Aux poses lascives sans arrêt. Clignement des cils brunis. Clone fragile, délicat, silver waist chain.

Déhanchés euphorisants des enfers, songes en réalité. Aux courbes fatales pleines de sensualité. Comme une potion d'amour depuis la création, par le prisme de l'envie, à l'attraction excitante. Précieuses pensées créées par notre imaginaire. Passion dévastatrice, enivrante autour de sa bouche… vers l'avant. Projection incontrôlable comme une poudrière d'effusions de sa volonté. Renversante, jeux, amour du sexe, avenante, effrontée mais caline au-dessus de la ionosphère. Chevelure à la taille comme un bouclier, trainée, ardente et toison. Être dans la lune éloignée de pensées cruelles, amusant. Étrange, mutine clarté en toi. Tu es lunaire… embrasées miss carmine lipstick, pensées qui passent puis s'échappent comme une plume. Taille qui monte et inversement, femme humaine, poupée en talons aiguilles, émouvante, onirique.

Attention d'un organisme dupliqué. Augmentation d'un morceau de sa structure chimique. Dans un club tons et stroboscope clignotant du light jockey, Candy sans stop, sur une piste grisante. Femme non martienne affriolante, à l'apparence sensuelle, unique, en pleine lumière. Conservation exacte de son matériel génétique. Charmeuse établie sur Gaïa , aux iris mixtes du ciel et de la terre, pensive, égarée dans un songe, se découvrant. À l'ombre de son bassin ascendant. Battement de paupières cramoisies. Copie docile, obéissante, gold waist chain. Mouvements fort pervers, chimères et vérités. Aux formes adorables pleines de volupté. Comme un breuvage d'amour depuis les temps jadis, à la beauté énergisante. Essence des légendes venant de notre imaginaire. Élans frénétiques, modérés à abondant entre ses lèvres... ardents. Éruption inévitable comme une poudrière d'émotion dans la continuité. Accrochante, flirts, désirs de sexe, encourageante, éperdue mais suave en impesanteur. Masse de ses cheveux caressant ses hanches comme une cuirasse, ligne éclairée qui orne. Romanesque, méditative écartée de toute impression visible, s'éveillant. Énigmatique, indocile favorisée d'un bel éclat. Tu es séductrice... baisers miss carmine lipstick, reflet des abîmes à la glaçante étendue. Passion voluptueuse agréable, magnifique. Corps cambré tout entier, femme non martienne, dénudée en talons aiguilles, grimpante, impudique.

Comète givrée, stylée et tu diffuses en une spectaculaire ligne, voltige. En tête... orma. Ombre particlle en sommeil sur un dessin. S'allongeant, projetée... demi-sphère, en rectangle, en losange, dessinante, effacée, sans lumière, sans frontières sur la Terre ou Jupiter.

Comète glacée, stylée et tu fuses dans le vent solaire en première ligne, vestige. En queue... orma. Ombre dans le ciel qui s'éveille à dessein. Inquiétant, stationnée... demi-lune, en triangle, en carré, vibrante, pulsée, une plus une sur Neptune ou Saturne.

Actions élevées, éphémères, dans ton espace émanation on a roll... déployée sur les lignes courbes, fermées, se prélasse... état de grâce. En ordre pair... dans des fréquences données et assouvir. Agitation kay en levant les yeux. Sans mystère, impasse et pair.

Ondulations abaissées dans la mer, sur ta place modulation

on a roll… agenouillée sur les lignes ouvertes, brisées et passe, êtres se lassent… état de masse. En ordre impair… dans des cadences sans pareil et accélérer. Vibration Kay te prenant plus que deux. Sans trop en faire, impasse et perd.

Agitations alternées, sur la Terre, te surclasse émission on a roll… étirée sur les lignes obliques, bleutées, s'efface… état en place. En ordre s'opère… des récurrences réitérées et repartir. Stimulation Kay dans leurs jeux. Sans eye-liner, impasse et s'éclaire.

Immer lauter… amuseuse disparaît sous ton masque rideau d'argent poli. Poupée aux yeux dormeurs, en grand écart facial. Aérienne de chiffon, disloquée, expérimente précieuse, tirettes actionnées du renouveau. Aux artifices acryliques ou de cristal. Tourne candide dans les airs, contorsionniste métal, à l'intense energy. Toi, pop art rétro…

Expertise megamix… totalement acquise. Décâblage te vise Kay, aux organes moteur-rouage, d'un fluide décortiqué. Open in the cosmos dangereuse, tricolore d'aurore. Elle dans tes bras, à la bouche d'or. Enduise sous emprise puis t'épuises. Interplanétaire, cyborg s'impose. Au point de départ balancier montant et inversement en ultime ressort. Anatomise étoile rouge, vermeil, ruby, lumière du nord… Alpha.

Analyse megamix… drastiquement déduisent. Démontage te grise Kay, aux organes et engrenages, à l'aura étudiée. Open in the cosmos généreuse, versicolore d'aurore. Elle, sentant tes doigts, aux cris d'or. Bise en une bouche cerise. Introduise sous prise puis reprise. Intergalactique, cyborg chose. À remonter, devant derrière, rentre et ressort. Vulgarise étoile mauve améthyste, lilas, astrale du nord… Alpha.

Gémissements et soulèvements, d'abord gentiment de… oui et réclame plus à fond, cyborg aux paupières ouvertes, peintes en son âme.

Enchaînement de Sexual positions…

Immer lauter… joueuse dissimulée d'étain de bas en haut, poli. Cyborg aux yeux dormeurs, en grand écart postural. Aérienne d'émotion désarticulée, expérimente suceuse, tirettes activées du renouveau. Aux sacrifices mystiques ou monumentaux. Pivote naïve dans ta sphère, contorsionniste fatale, pleine d'énergie.

Toi, pop art rétro…

Supervise megamix… réellement réduise. Blocage te conduise Kay, aux organes plateaux, à l'esprit ausculté. Open in the cosmos sulfureuse, multicolore d'aurore. Elle contre toi, au corps d'or. Séduise sous une brise puis t'économise. Intersidérale, cyborg ose. Pour équilibrer plaisir en cascade et spirale en ressort. Actualise étoile vert, émeraude, kaki, boréale du nord… Alpha.

Reprise megamix… pleinement admise. Allumage te mise kay, aux organes plaques de maintien, halo démonté. Open in the cosmos ambitieuse, unicolore d'aurore. Elle, en émoi, aux yeux d'or. Conquise sous une frise puis te puises. Interstellaire, cyborg pose. En compression, énergie à tout prix avec absolu ressort. Surprise étoile bleue, azurée, tiffany, polaire du nord… Alpha.

Gémissements et positionnements puis atomisant de… cris en gammes, bien au fond, cyborg aux paupières fermées, teintes son âme.

Déchaînement de Sexual positions…

Amour sophistiqué en vers mesurés. Te rapprochant de ceux d'Alcée, de Kay et Angeline. Langues caressantes de la nature des tigresses, se caressent dans le cercle de Sappho. Idylle impertinente, bravante du bas vers le haut, coquine. Parenthèse respirante, entêtante la Philia. Chœur de la lyre poétique, métrique strophe saphique. Chuchotements de désirs, de feintes et de fentes pour s'ouvrir, s'inclinent.

Amour passionné en vers démesurés. Ressemblant à ceux alcaïques et aimés de Kay et Angeline. Mains pénétrantes de la terre des dieux dans le cercle de Sappho, ivresse. Idylle impertinente, jouissante, prises toutes entières vers le ciel et dans l'eau. Parenthèse légère, enivrante la Philia. Chœur de la mort et de la renaissance cosmique, métrique, strophe saphique. Bruissements de plaisirs et de maints soupirs.

Amour réinventé et vers pour l'éternité. S'accordant à ceux du poète de Mytilène adoré, de kay et Angeline. Mouvements érotiques du mont Olympe des maîtresses et progressent dans le cercle de Sappho. Idylle Impertinente, excitante au plus chaud, divine. Parenthèse libérante, étourdissante la Philia. Chœurs des muses lyriques, métrique, strophe saphique. Gémissements et jouir de sentes et chemins pour ressentir, marines.

Passion raffinée en vers mesurés. Te joignant à ceux de Persée de Kay et Angeline. Langues tendres de la nature des immortelles dans l'anneau de Sappho, sans cesse. Églogue insolente, défiante du bas vers le haut. Incise courte s'insérant la Philia. Chœur d'Orphée lyrique, rythmique, strophe saphique. Murmures d'envies de fentes et de feintes pour éclore, se révéler.

Battement d'œil… Disques à un moindre degré, pupilles changeantes sous les airs. Arcs-en-ciel en moins d'intensité, iris hazel brown plus vert, fois deux ou bleu. Battements de cils… Cercles de mi-humaine, pupilles sous le tonnerre. Arcs-en-ciel nuancés, iris hazel brown plus gris fois deux ou pluvieux.

Clignement d'œil… Kay plaquée comme aspirée, prunelles dilatées sous l'émotion. Arcs-en-ciel fasciné, iris hazel honey plus vert, fois deux ou bleu. Clignements de cils, Kay couchée comme foudroyée, prunelles resserrées sous l'impulsion. Arcs-en-ciel submergé, iris hazel honey plus gris, fois deux après la pluie.

Holographique en détail par la mutante de chrysalide bleue des océans, aux vagues voleuses pirates. Fantomale créée, nue projetée, enfermée. Spirale vers l'an 3000, voix métallisée face affichages numériques. Au sourire enjôleur ou carnassier, émissaire venue d'ailleurs. Palmée tendant les bras en direction de toi où que tu ailles. Magique en détail 3D.

Captive Lorelei…

Face à toi, un robot Edicien, le bas de son visage est inachevé. A-t-il été rejeté, car imparfait ?

Sa limitation des capacités d'interaction avec cet hostile environnement brûlant, le menant à des difficultés, est présente pour toi. Oui cet être incomplet, présentant des défauts, imperfections peut te sauver. Sa tête est légèrement inclinée. Ne pouvant s'exprimer, il te montre par geste la direction de la liberté.

Psychédélique par la taille en une amante de chrysalide camaïeu des océans, aux vagues tueuses scélérates. Fatale souhaitée, dévêtue excitée, emprisonnée. Adaptable vers l'an 3000, yeux alizés face écrans dynamiques. Au regard joueur, aux doubles paupières des profondeurs. Digitée tendant les mains vers toi sans failles. Plastique par la taille 3D.

Captive Lorelei…

Devant toi un robot Martien, à la figure presque effacée. A-t-il été repoussé, car ébauché ?

 La restriction de ses facultés de relation dans un contexte lourd, plombant, aboutissant à des obstacles, est existante pour toi. Oui cette entité brisée, présentant des brisures, cassures peut te forger. Sa tête est légèrement penchée. Ne pouvant crier, il te désigne par signe la direction de ta future réalité.

Innovation darling dans l'extension spatiale représentée à la surface d'Ires, dans le néant.

Et le silence…

Caressant et éclipse de l'aéronef évanoui.

Lévitation et sourire Gravity…

Accélération darling, dans la tempête solaire, à la surface de l'astre éclairé, délimité dans la lumière.

Et le silence…

Effleurant par l'engin spatial en transit.

Réincarnation et s'éblouir Gravity…

Emission darling, dans ce nuage épais couvert de brume lactée, par cette nébuleuse.

Et le silence…

Rayonnant et dispersion du bâtiment interspacial dans l'infini.

Diffusion et s'inscrire Gravity…

Accélération darling, dans le champ gravitationnel, à la

surface de Gaïa, incarnée par cette sphère bleutée.

Et le silence…

Passant vers le vaisseau mère ralenti.

Oppression et désirs Gravity…

Décélération darling, à travers une pluie d'étoiles, à la surface des océans émergés, par l'horizon.

Et le silence…

Affleurant autour de la flotte endormie.

Respiration et s'unir Gravity…

Zeltachse…

« Ich liebe dich… »

Corpuscules en ma voix mutine, chuchotants.

Und dann Stille…

« Ich verstehe dich… »

Particules en ma voie citrine, entreprenante.

D'une intonation blanche, limpide, tier… animale.

Zeltachse.

« Ich liebe dich… »

Corpuscules en mes lèvres pleines d'ardeur, rouges nacarat ou capucine, embrassant.

Und dann Stille…

« Ich will dich… »

Particules en ma bouche en cœur, rouge incarnat ou alizarine, s'exprimant.

En un souffle d'une mélopée timide… originale.

Doucement, montant contre-ré comme un filet d'eau de mer, de pluie, vive ou adoucie. Cheveux, visage au cou… devenus trempés. Valeur sacrée… pluvia…

Lentement glissant eau de sels, de vie, vive ou adoucie en milliers de confettis. Seins puis ventre, dos aux reins… entièrement baignés, saveur salée… Ralentissant coulant eau de l'air, de l'infini, vive ou adoucie. Cuisses aux pieds… devenus inondés, liqueur sucrée… imber, scary beauty.

Iodées posidonies…

Utopie…

« Ich liebe dich… »

Corpuscules en ma voix mutine, murmurants.

Und dann Stille…

« Ich verstehe dich… »

Particules en ma voix citrine, s'élevant.

D'une inflexion albe, claire, wild… sauvage.

Utopie…

« Ich liebe dich… »

Corpuscules en ma langue pleine d'ardeur, brille de carat ou capucine, léchant.

Und dann Stille…

« Ich will dich… »

Particules en ma bouche en cœur, rouge incarnat ou alizarine, gémissant.

En un souffle d'une complainte craintive… presque sage.

Silencieusement poussant contre-ut tous azimuts, dans l'air de mer, de pluie, vif ou adoucit. Yeux, joues au cou… devenues séchées. Valeur sacrée… aria…

Délicatement grisant l'air de sels, de vie, vif ou adoucit en milliers de confettis. Fesses puis cuisses, homoplates aux seins… entièrement essuyés, senteur salée… Rayonnement irradiant air du ciel, de la grande Terre arrondie, vive ou adoucie. Sexe aux pieds… devenus réchauffés, senteur sucrée… éther, scary beauty.

Iodées posidonies…

Face aux lunes bleu-horizon s'effaçant, délices-araignées, astres violets rouge-prune s'approchant, immenses. Higanbana… de racines de Garance wranta.

Molécules de micas niji, matière en toi, archère possédée. Composées, roses, agrégées, donnant l'envie. Liqueur salée koketsuna. Partant, au long cours, dans le royaume corail de l'intense éblouissance, sur la terre de suna. Appartenance…

Face aux dunes à l'horizon disparaissant, des lys araignée, aux lagunes azurantes, calmantes, intenses. Higanbana... revêtue de Garance wranta.

Particules de micas niji, calcaires sur toi, guerrière léchée. Chaudes, roses, brassées, t'entourant comme une pluie. Saveur salée koketsuna. S'abandonnant, pour toujours, dans le royaume corail de l'intense jouissance, à la couche de suna. Magnificence…

Face à la mer marine-horizon s'évaporant, des lices-araignées, à Neptune s'éloignant, géante, absence. Higanbana… dans la ionosphère de Garance wranta.

Corpuscules de micas niji, de la mer autour de toi, messagère envoûtée. Clairs, roses, repoussés, t'enveloppant sans un bruit. Douceur salée koketsuna. S'enivrant, absolue d'amour, dans le royaume corail de l'intense réjouissance, au lit de suna. Conscience…

Sans alternance, sous haute pression, très loin de la surface, à l'horizon, en face, appels lointains, endormis… poignance. Surfant, insondable Speranza, ombre belle, vertigineuse, aux écailles noires. S'imprégnant de la mer… visible. Nageant, se cachant, fuyant, au corps ondulant, dérivée. Respiration au-dessus… aerial, loin des végétaux marins aux teintes effacées… Jusqu'à disparaître…

Des cieux au centre de la Terre, entre le flot et le jusant. Cité sous-marine mystérieuse, malheureuse, agonisant peu à peu, civilisation perdue, condamnée. Damnée jusqu'à la fin des temps, dans les fonds marins. Ils sont là au plus profonds où il fait froid, aveugle sans lumière. Blessés, mutilés et entravés, lançant des chants lancinants et affligés, désespèrent…

Aux grandes zones devenues dangereuses, honteuses, mortes. Bulles abyssales… De saletés déposées, en plongées, coulées dégoûtantes, dégueulées ou dérivantes, beach break et cœur serré. Sable de micas brassé, envolé par le vent, devenu abandonné, souillé. Échouant des détritus, objets métalliques, androïdes, restes, cadavres de mutants. Au cœur des courants, communauté étouffante, blessée, pleurant, hurlant sans cris, sans clameurs. Comptant chaque minute, chaque heure.

Leur civilisation, inspiration, émotion…

Sans fréquence, sous-pression supérieure, dans les profondeurs, en place, signaux éteints, évanouis… émouvance. Glissant, abyssale Speranza, sombre irréelle, voluptueuse, aux écailles du soir. Absorbant toute lumière pour devenir… invisible. Contournant les dômes subaquatiques, voûtes et coupoles abandonnées. Aspiration aérienne… aerial, éloignée des algues ternies, rouges, vertes et bleutées… Et ne plus s'en remettre…

De l'espace au creux des enfers entre le flux et le reflux. À l'apparence monstrueuse, hasardeuse dans la lumière. De la zone crépusculaire, créatures mystérieuses. Agonie lente avérée et programmée, indigne. Résidants à la peau bleu–horizon aquatique, baltique et fendant les océans, cétacés, en plongées, à fanons et taxon. Terminé les sons dans bas ou en surface, plus de sifflements, craquements, tintements, dans une vague et cœur brisés. Au centre des flots, société s'asphyxiant, piégée, engluée et mourante sans bruit, dans le silence des profondeurs. Comptant chaque minute, chaque heure.

Notre respiration, inspiration, suffocation…

Face aux soleils rouges irradiants, délices-araignées, lèvres vermeilles gourmandes, dévorantes, immenses. Higanbana… de racines de Garance wranta.

Molécules de nova niji, matière en toi, archère embrasée. Confuses, zinzolin, agglomérées et jouis. Liqueur salée koketsuna. Partant, au long cours, sous le dôme nebula de l'intense éblouissance, dans l'univers de suna.

Connaissance…

Face au sommeil rouge s'effaçant, des lys araignée, aux prunelles hypnotisantes, stimulantes, intenses. Higanbana… de la tenue de Garance wranta.

Particules de nova niji, poussières sur toi, cyber caressées. Diffuses, glycines, collées, t'entourant comme une pluie. Saveur salée koketsuna. S'abandonnant, pour toujours, sous le dôme nebula de l'intense jouissance, à l'air de suna.

Clémence…

Face aux éclairs rouges pétants, des lices-araignée, corps hirondelle décollant, volant, fuyant, absence. Higanbana… dans les airs de Garance wranta.

Corpuscules de nova niji, stellaires autour de toi, messagère excitée. S'amusent, violines, éclatées,

t'enveloppant sans un bruit. Douceur salée koketsuna.
S'enivrant d'amour, sous le dôme nebula de l'intense
réjouissance, aux cratères de suna.

Présence…

Sans alternance, sous basse pression, très loin dans
l'espace, à l'horizon, en face, appels très loin, des cris…
poignance. Glissant, abyssal Speranza, ombre partielle,
vertigineuse sous les lueurs du soir. S'imposant depuis
les cratères… lisibles. Pilotant, se battant, tuant, aux
formes reconnaissantes, observées. Respiration ci-
dessous… aerial, loin des rayons lumineux, aux teintes
bleues, rouges effacées… Jusqu'à disparaître…

Des cieux, au centre de l'univers entre l'afflux et le reflux.
Cité du firmament marine, pleureuse, malheureuse,
agonisant peu à peu, civilisation exclue, égarée.
Emprisonnée jusqu'à la fin des temps, dans les fonds
célestes, funestes. Ils sont là au plus profond où tout est
absorbé, tous rayons, toutes matières. Piégés et affligés,
désespèrent…

Aux grandes zones devenues encombrées, flottantes,
aspirées. Bulles spaciales… De saletés envoyées, en
plongées, coulées dérivantes, dégueulées ou déprimantes
beach break et cœur brisé. Particules d'atomes envolés
dans le temps, devenus embouteillés, souillés. Échouant
des détritus, débris d'androïdes, satellites. Au cœur des
vents violents, communauté étouffante, blessée sans
pleurs, sans chaleur. Comptant chaque minute, chaque
heure.

Ta civilisation, réflexion, interrogation…

Sans fréquence, sans pression intérieure, dans la grandeur,
en place, néons éteints dans l'infini… émouvance.

Guidant, abyssale Speranza, sombre réelle, dangereuse dans la lumière noire. Explosant tout ennemi… visible. Contournant les zones intergalactiques, planètes, galaxies habitées. Inspiration aérienne… aerial, approchée des aurores boréales rougies, mauves, vertes et bleutées… Et ne plus apparaître…

De l'espace au creux des enfers entre le flux et le reflux. À l'évidence monstrueuse, ambitieuse, pour la lumière du désespoir. De la zone interstellaire, créatures aventureuses. Vie courte avérée, programmée, s'indigne. Résidants à la peau bleu–horizon galactique, cybernétique et volants dans les galaxies, mutants, en plongées, à haute évolution, attraction. Terminé les sons télépathes du bas ou en surface, plus de sifflements, cliquetis, dans la montée et cœurs écrasés. Au centre d'une étendue devenue impénétrable, société s'étouffant et rendant son dernier souffle, lentement, dans le silence de l'espace intérieur. Comptant chaque minute, chaque heure.

Ta création, innovation, suspicion…

En plongée… dans l'eau ou l'espace, images perçues, fixes, de tes formes nues en écho. Derrière, de face, tu ris… postures cardinales dans le sens de la nature infinie. Nothing's impossible…

En apnée…

After rétroprojecteur artificiel dans l'atmosphère, renvoyant, révolu.

En piqué… dans les flots, hommage ému, en place, de tes courbes reconnues faisant écho. En arrière, de face et te voilà partie… postures principales dans un sens sûr, précis. Everything is possible…

Diving…

After artefact superficiel dans l'univers, s'évanouissant, échu.

Rien n'est impossible…

Revêtement au numéro atomique, à l'éclat métallique, vers l'oxydation colorée. Ton Odyssée audacieuse sans symphonie, clignoter par… très doucement s'évanouissant, disparaissant, toi créature de synthèse, à la bouche d'un équilibre établi, rose suranné, veloutée et à mesure reconstruite, plus rationnelle, reconduite. Envolée résonnante à l'échelon au-dessus. C'est comme une pluie, gris, abstract… mais écrit. Flash by… volonté aventureuse sans cœur Kay très lentement s'envolant, s'évaporant. Structure de prothèses concentriques, lèvres aux contours définis, d'un vieux rose désuet, poudré, plus fonctionnelle, éconduite. Élan d'un haut degré.

« C'est triste et joli en résumé… ça s'inscrit .»

Message du cœur, envoyé par les airs, optique… émetteur. Équilibriste hors circuit du temps, errant, dans l'air des sens et de l'écrit. À l'envie d'un périple ou parcours énigmatique. Sous le nuage nacré, sans peur légère éthérée, funambule dans l'inconnu, vere… Sans cadre, sans sphère spatio-temporelle établie.

Fushigi…

Élément au matricule thermique, à l'éclair magnétique, en combustion rouge orangé. Ton Odyssée hasardeuse sans liturgie, clignoter par… très librement s'évanouissant, disparaissant, toi créature de synthèse, au corps d'un équilibre rétabli, pose travaillée, suggéré et à mesure reconstruite, plus exploitable… reconduite. Envolée résonnante à l'échelon au-dessus. C'est comme l'averse, grise, abstract… mais écrit. Flash by… volonté trompeuse sans prières, kay sans liens s'envolant, s'évaporant. Structure de prothèses concentriques, à l'anatomie de contours redéfinis, pose étudiée, dictée et à mesure reproduite, plus nominale… éconduite. Élan vibrant d'un haut degré.

« C'est funeste et beau en résumé… ça s'inscrit. »

Message en chœur, acquitté par la terre, électrique… récepteur.

Excursionniste au récit nomade, se rendant, vers les terres des sens et de l'esprit. Par soucis d'un projet ou contour fantastique. Sous le soleil orangé, avec bonheur légère ailée, funambule évolue, vere… Sans carcan, sans repère spacio temporel et bâti.

Fushigi…

« De ma bouche rouge cinabre, des alchimistes. »

« Oui je m'efface… »

« Longeant ce cratère en fusion. »

« Sur ce sol ocre décliné. »

« Oui, je me replis… »

« Loin de la Terre en tension .»

« Casquée, masquée vers l'infini. »

« Oui, je m'évanouis… »

« Bravant cette planète et circonvolutions. »

« En son centre marqué. "

« De ma bouche écarlate, des hermétistes. »

« Oui, je plis… »

« Loin de comètes et perturbations. »

« Casquée, ébranlée vers l'oubli. »

Gloria to Kay…

Sanguine, se décline, dans les airs, tangerine, vent solaire d'envols particulaires, en surface. Hors de la région centrale, elle s'allonge posément, féline, vers le plaisir inexorable, fatal. Sur les sentes éteintes green. Impulsions précises exigées, visibles au-dessus, mais ne s'efface. Tempêtes et rafales de poussières globales. Kay ardente, expérimentée. Cyborg aux paupières ouvertes, peintes en son âme. Là, une expiration calme, lente, dans cette étreinte qui s'installe dans la durée, impulsions précises, amplifiées. Voici une inspiration plus rapide, plus forte, apercevant le désir qui s'avance. Condensation vers les cieux envers ses dieux. Vent solaire qui se dissipe tel un espoir, près du sol bistre, terre de Sienne. Abandon expirant d'un coup de reins réticent. Et à nouveau les gestes justes, ne pas s'éteindre un instant. Sans indécision, dans une allure fière.

Gaz respiré de ta bouche, Kay…

Sous un brouillard subit, glacé, éphémère. Mouillant tes cheveux roux, beauté cyborg et tes yeux grisés, clairs, au teint entre le pâle et le doré. Considérant ta propre enveloppe. Exposant son sexe et perçant ton âme. Acte puissant, assénant des coups vers l'avant, impulsions précises, violentes, traversantes, te hantent. Maintenant une expiration précipitée et bruyante, au son d'impacts de coups de reins. Fer dans la chair. Aventureuse, humiliant tes partenaires. Leur ôtant toute énergie. Dominante à la grande stature. Cruelle, rageuse, adoptant une posture.

Sur un lit brun-jaune de terre, réchauffant l'air.

Gloria to Kay…

Sanguine se décline, pleine de mystère, tangerine, entourée de cristaux de glace d'eau. Vers l'espace spacial, elle s'étend sereinement, incline, vers l'obsession, inexorable, virale. Sous les rayons de l'astre orange sanguine. Impulsions relâchées, châtiées. Tourbillons dans les déserts vers l'horizon. Kay doucement lovée, mais ne s'efface. Cyborg aux paupières fermées, teintes son âme. Là une expiration silencieuse, dans cette folie qui s'est tue, impulsions floues, détendues. Voici une expiration plus subtile, plus fulgurante et résolue, apercevant la tentation qui s'approche. Aux zones d'accrétion, capture de matière et prière vers son sommet, « l'Olympus ». Terre qu'elle fait sienne, cratérisée, au courant-jet. Relâchement respirant d'un enlacement hésitant et à nouveau une attitude appropriée, bien ancrée dans le temps. Sans hésitation dans une attitude légère.

Gaz respiré de ta bouche, Kay…

Sous le méthane et poussière, d'élans corpusculaires. Recouvrant ta chevelure ambrée, beauté spéciale, mythique et ton regard gris pâle, à la mine mordorée, miel. Regardant son sexe, vulnérable à la fragile allure. Fière, triomphale adoptant une posture.

Dans les profondeurs orgasmiques, brûlées par le rayonnement solaire.

Lexique

Aenigma : Énigme.

After : Après.

Aka : Rouge.

Alpha : Première étoile d'une constellation.

Altezza : Altesse.

Anmutig : Gracieuse.

Archer stopping time : Archère arrêtant le temps.

Artificial man : Homme artificiel.

Assenza di gravita : Absence de gravité.

Auréola : Halo.

Aurora : Aurore.

Brown : Brun.

Burning timeless : Brûlante intemporelle.

Dark : Sombre.

Diamond waist chain : Chaîne de taille diamant.

Diving : Plongée

Domina : Maîtresse.

Du bist entschlossen : Tu es déterminée.

Du bist exquisit : Tu es exquise.

Du bist extrem : Tu es extrême.

Du bist fesselnd : Tu es captivante.

Du bist geschickt : Tu es intelligente.

Du bist großartig : Tu es magnifique.

Du bist perfekt : Tu es parfaite.

Du bist schön : Tu es belle.

Du bist vernünftig : Tu es raisonnable.

Du bist wie ich : Tu es comme moi.

Du bist wundervoll : Tu es merveilleuse.

Du brennst : Tu brûles.

Energy : Énergie

Erkunden : Eclaireuse.

Everything is possible : Tout est possible.

Excitium in te : L'excitation est en toi.

Flashy : Tape à l'œil.

Flow : Courant.

Fly over : Survoler.

Flying out of the time : Voler hors du temps.

Funny : Drôle.

Gaïa : La Terre.

Gin mekki : Plaquée argent.

Gloria to Kay : Gloire à Kay.

Goddess out of time : Déesse hors du temps.

Green : Vert.

Haïku : Poème court d'origine japonaise.

Hidari : Gauche.

Higanbana : Fleur originaire du Japon rouge vif.

Honey : Miel.

Hoshi : Nom propre signifiant "étoile".

Ich liebe dich : Je t'aime.

Ich verstehe dich : Je te comprends.

Ich weiß : Je sais.

Ich will dich : Je te veux.

Ichi : Un.

Immer lauter : Continuellement plus fort.

Immersi : Immergé.

In the blue of infinity : Dans le bleu de l'infini.

In the dark of infinity : Dans le noir de l'infini.

In the groove : Dans le sillon.

In the light of infinity : Dans la lumière de l'infini.

In the orange tree of infinity : Dans l'oranger de l'infini.

Jerky hot : Saccadé chaud.

Komm Naher : Approche toi.

Last autumn : Dernier automne.

Light jockey : Éclairagiste de boîtes de nuit.

Lioness : Lionne.

Lost in time : Perdue dans le temps

Lovely : Belle.

Masca : Masque.

Mato : Courageux.

Memory : Mémoire.

Metaphora : Métaphore.

Midori : Vert.

Migi : droite

Movement mechanism : Mouvement mécanique.

Murasaki : Violet.

Ni : Deux.

Night time : La nuit.

Night shade : Ombre nocturne.

Niji : Arc-en-ciel.

Nothing's impossible : Rien n'est impossible.

On a roll : Sur une lancée.

Open in the cosmos : Ouvert dans le cosmos.

Orma : Vers.

Out of control : Hors de contrôle.

Paint a metallic lady : Peindre une métallique dame.

Presto : Rapidement, tôt.

Pretty : Jolie.

Pupa : Poupée.

Relentless : Sans relâche.

Roter Roboter : Robot rouge.

Sakurairo : Rose pâle.

San : Trois.

Sexpuppe : Poupée sexuelle.

Sexual positions : Sexuelles positions.

Showy : Clairvoyante.

Sie sind sie : Tu es moi.

Sie sind stark : tu es forte.

Silver waist chain : Chaîne de taille argent.

Skandalos : Scandaleuse.

Speak to me : Parle moi.

Suki desu : Je t'aime.

Suna : Sable.

Tell me : Dis moi.

Tempo : Rythme.

Timeless pleasure : Plaisir intemporel.

Timeless traveller : Voyageuse intemporelle.

Timeless sorcerer : Sorcière intemporelle.

Und dann Stille : Et puis le silence.

Under the black moonlight : Sous le clair de lune noir.

Under the orange-pink moonlight : Sous le clair de

lune rose orangé.

Up down : De haut en bas.

Volitiva : Volontaire.

Warrior over time : Guerrière hors du temps.

Water in the air : De l'eau dans l'air.

We'll see : Nous verrons.

Wild : Sauvage.

With frosty eyes : Avec tes yeux glacials.

Wranta : Plante à fleurs jaunâtres.

Zeltachse : Chronologie / Axe temporel.

Je veux remercier les nombreuses personnes qui me soutiennent, critiquent et inspirent.

« Achevé d'imprimer par BoD - Books on Demand, In de Tarpen 42, Norderstedt (Allemagne) en avril 2024 pour le compte de Malelle », écrivaine auto-éditée.